THE QUEEN OF CRIME
繁體中文版
20週年
紀念珍藏

瑪波小姐的完結篇

阿嘉莎・克莉絲蒂——著
沈明波——譯

Miss Marple's Final Cases

通俗是一種功力

吳念真（導演、作家）

通俗是一種功力。絕對自覺的通俗更是一種絕對的功力。

這樣的話從我這種俗氣的人的嘴巴說出來，大概很多人要笑破褲底了。不過，笑完之後請容我稍稍申訴。這申訴說得或許會比較長一點，以及，通俗一點。

小時候身材很爛，各種遊戲競爭完全任人宰割，唯一隱遁逃避的方法是躲起來看書或聽大人瞎掰。那年頭窮鄉僻壤的小孩能看的書不多，小學二年級時最喜歡的是超大本的《文壇》，老師借的。看著看著，某天老師發現我的造句竟出現：「捧著：朝陽捧著一臉笑顏為群山剪綵」這樣亂七八糟的文字，就拒絕再讓我看那些超齡的東西了。

老師的書不給看，我開始抓大人的書看。一種是厚得跟磚塊一樣的日文書，對我來說那完全是天書，但插圖好看，經常有限制級的素描。另一種書是比較薄的，通常藏得很嚴密，只是裡面有太多專有名詞、重複的單字和毫無限制的標點，比如「啊啊啊」、「……！！！」

老讓我百思不解。有一天，充滿求知欲地詢問大人竟然換來一巴掌後，那種閱讀的機會和樂趣也隨著消失了。

所幸這些閱讀的失落感，很快從大人的龍門陣中重新得到養分。講到這裡，我似乎先得跟一個村中長輩游條春先生致敬，並願他在天之靈安息。

我所成長的礦區，幾乎全是為著黃金而從四面八方擁至的冒險型人物，每人幾乎都有一段異於常人的傳奇故事。這些故事當事人說來未必精采，但一透過游條春先生的嘴巴重現，有時連當事人都聽得忘我，甚至涕泗縱橫，彷彿聽的是別人的故事。

條春伯沒當過日本兵，可是他可以綜合一堆台籍日本兵的遭遇，一如連續劇般從入伍、受訓、逃亡荒島，面對同鄉同袍的死亡，並取下他們的骨骸寄望帶回故鄉，乃至骨骸過多搞不清哪是誰的等等，讓聽的人完全隨他的敘述或悲或笑，彷彿跟他一起打了一場太平洋戰爭。此外他也可以把新聞事件說得讓一個三、四年級的小孩，到現在仍記得當時腦中被觸動的畫面。例如當年瑠公圳分屍案的凶手做案之後帶著小孩到安東街吃麵（這讓我一直以為台北的安東街是條專門賣麵的街道），還有甘迺迪總統被暗殺、賈桂琳抱住她先生、安全人員跳上飛快的車子保護賈桂琳……當然，這記憶全來自條春伯的嘴巴而不是報紙。我的記憶全是畫面，有畫面，是因為條春伯說得精采，說得有如親臨他至死都還搞不清地理位置的達拉斯命案現場。

於是這小孩長大後無條件地相信：通俗是一種功力，絕對自覺的通俗更是一種絕對的功力。透過那樣自覺的通俗傳播，即使連大字都不識一個的人，都能得到和高階閱讀者一樣的感動、快樂、共鳴，和所謂的知識、文化自然順暢的接軌。也許就是因為這些活生生的例子，俗氣的自己始終相信：講理念容易講故事難，講人人皆懂、皆能入迷的故事更難，而能隨時把這樣的故事講個不停的人，絕對值得立碑立傳。

條春伯嚴格地說是有自覺的轉述者，至於創作者，我的心目中有兩個。一個是日本導演山田洋次，一個是推理小說家阿嘉莎．克莉絲蒂。

山田洋次創造了寅次郎這個集合所有男人優點跟缺點的角色，在以《男人真命苦》為名的系列下，總共完成百部左右的電影。它們的敘述風格、開頭、結尾的方法不變，唯一改變的是故事，是時代，是遍歷日本小鄉小鎮的場景。數十年來，看《男人真命苦》幾已成為日本人每年的一種儀式，一如新春的神社參拜。

數十年前訪問過山田導演，他說，當他發現電影已然有它被期待的性格時，電影已經不是導演自己的。他說：當所有人都感動於美人魚的歌聲時，你願意為了讓她擁有跟你一樣的腳，而讓她失去人間少有的嗓音嗎？

人間少有的嗓音與動人的歌聲，都來自山田導演絕對自覺的通俗創造。

再如阿嘉莎．克莉絲蒂，如果我們光拿出她說過的故事和聽過她故事的人口數字，就足以嚇死你。五十多年的寫作生涯，她總共寫出六十六本長篇推理小說，外加一百多篇短篇小說和劇本。其中有二十六本推理小說被改編，拍了四十多部電影和電視劇集。作品被翻譯成一百零三種文字的版本，銷量超過二十億本。

夠了。你還想知道什麼？知道二十億本的意義是什麼嗎？二十億本的意義是全世界平均三個人就有一個人讀過她的書，聽過她說的故事。

說來巧合，她和山田洋次一樣，創造出個性鮮明的固定主角（當然，前前後後她弄出來好幾個），然後由他（或是她）帶引我們走進一個犯罪現場，追尋真正的罪犯。

故事就這樣？沒錯，應該說這是通常的架構。那你要我看什麼？不急，真的不急，克莉絲蒂會慢慢冒出一堆足夠讓你疑惑、驚嚇、意外，甚至滿足你的想像力、考驗你的耐心和智商的事件來。

推理小說不都是這樣嗎？你說得沒錯，大部分是這樣，不一樣的是……對了，她像條春伯，像山田洋次，她真會說，而且她用文字說。

文字的敘述可以讓全世界幾代的人「聽」得過癮、「聽」個不停，除了聖經，也許就是克莉絲蒂。她不是神，但她真的夠神。

數十年前，台灣剛剛出現她的推理系列中譯本，那時是我結婚前，常有同齡的文藝青年來我租住的地方借宿，瞄到我在看克莉絲蒂，表情詭異地說：「啊？你在看三毛促銷的這個喔？」

我只記得他抓了一本進廁所，清晨四點多，他敲開我的房門說：「幹，我實在很討厭那個白羅……再拿一本來看看，我跟你說真的，要不是你的書，我真的很想把那個矮儸壓到馬桶吃屎！」

我知道他毀了，愛吃又假客氣，撐著尊嚴騙自己。克莉絲蒂再度優雅地撕破一個高貴的知識份子的假面具，她的手法簡單，那手法叫通俗，絕對自覺的通俗，無與倫比、無法招架的功力。

昔日的文藝青年如今跟我一樣，已然老去，但不時還會看到他寫一些充滿理念和使命感極重的文章，在報紙和雜誌上出現。我知道他要說什麼，只是常常疑惑他想跟誰說；同樣，我記得他說過什麼，但轉眼間忘記他說了什麼。但請原諒我，幾十年前那個晚上，他在我家看完的那兩本克莉絲蒂的小說內容，我可還記得清清楚楚。

也許有一天再遇到他的時候，我會問他之後是否還看過克莉絲蒂其他的書，如果沒有，我會跟他說，想讀要趁早，因為你會老、會來不及。至於白羅那個矮儸，大概永遠不會消失。哦，對了，還有一個叫瑪波，你說不定會來不及認識……

瑪波小姐——洞明世事，仍不失對人情的寬諒

吳曉樂（作家）

瑪波小姐是阿嘉莎．克莉絲蒂筆下的兩名神探之一，名氣不若白羅響亮，支持者倒是挺死忠專情。她也是推理小說界「女偵探」的第一把交椅，至今仍無人能動搖其地位。瑪波小姐系列合計有十二本長篇、兩本短篇小說集。以及一篇收錄於《哪個聖誕布丁？》的小說〈葛林蕭的笑話〉。常有讀者受「小姐」二字所誘，誤信瑪波小姐是妙齡少女，但英文中，未婚女性一律以Miss稱之，實際上，瑪波小姐已六十好幾。按照蓋達克警官的形容，「她的模樣非常蒼老，頭髮雪白，粉紅的臉上布滿皺紋，一對藍色眸子柔和且真摯無邪」。

瑪波小姐亦是知名的「安樂椅神探」，她的歲數與支氣管炎等痼疾限縮了她奔走的範疇。大部分時間，瑪波小姐僅在英國村鎮裡穿梭，一邊喝茶，一邊傾聽案件相關的陳述。克莉絲蒂刻意將筆下兩位神探做出區隔，白羅是比利時難民，案件時常顯現壯闊的異國情調，瑪波小姐系列則洋溢著恬謐、悠哉的英國小鎮氛圍。瑪波小姐經手的案件，多半以某座莊

園、公館為中心，在傭人、園丁、廚師、仕紳與貴婦人等交織而成的人際網絡裡，一樁樁謀殺案就此鋪展。

瑪波小姐的經歷有些神祕，讀者只能從她談及自己的稀少橋段，拼湊出模糊的過往：她接受良好教育，曾待過佛羅倫斯的寄宿學校，一度從事過護理工作。再從瑪波小姐坐擁房產、生活講究等細節，我們不難勾勒她中產階級的出身。上述資訊，幾乎是我們能得知的全部了。

至於瑪波小姐的個性，我想徵用瑪波小姐首次登場《牧師公館謀殺案》的語句：「她是村子裡最壞的女人，總是知道每一件事，並且做出最悲觀的推斷。」「在英格蘭，任何偵探也比不上一個上了年紀又有很多閒暇的老處女。」「拿望遠鏡賞鳥的習慣也總是讓她別有收穫。」從這些褒貶相依的評價，我們首先歸納出一些結論：瑪波小姐有些好管閒事，城府也深，偏偏她的判斷比誰都趨近真相。

更細緻地分析，瑪波小姐「溫和無害，乍看糊塗」的表象，是最天然的保護色。與她搭話的人物，屢屢在輕敵的狀態下鬆懈心防，下意識就吐露原先拚命掩藏的犯案痕跡。其次，瑪波小姐認為人性並不複雜，若我們悉心諦視，必能察覺其中的「共性」。她的外甥雷蒙・衛司曾將聖瑪莉米德村喻為「一潭死水」，瑪波小姐則認定死水若放在顯微鏡底下，「其實生機盎然」，而她所謂的顯微鏡，或許指涉了鄉村背景。鄉村生活人情緊密，有助瑪波小姐近距離蒐集人性的不同臉譜。我個人認為，瑪波小姐最專長的辦案手法是「數據分析」，她常將案發現場的樣本扔入聖瑪莉米德村——她的「人性資料庫」，進行搜尋和比對，一旦辨識出相似的行為態樣，接下來她將安坐椅上，預估其發展。是以瑪波小姐一再「後發先至」，她抵達現場的時間總是不無「遲到」的味道，不過待她釐清人物之間的譜系和利害關係，旋即能夠盤整出一些關鍵，為案件帶來重大突破。

瑪波小姐以閒談獲取的情報，都顯得那麼普通、不起眼，她卻能如同手上的編織活，這一針那一線巧妙地穿引，後續再輕輕一扯，將線索行雲流水地組織起來。瑪波小姐深諳自往昔的歲月萃取珍貴的經驗，舉例來說，有一回，她以「聖靈降臨節過後的週一，園丁必不上班」為由，輕易識破一則謊言；也有一回，她從「發音方式」捕捉到講述者的故弄玄虛。

初識瑪波的讀者，我建議以短篇小說《十三個難題》為前菜，篇幅短小，清爽不占空間，品嘗的餘韻足夠引發興致。至於長篇，我心儀《殺人一瞬間》，此作推理成分相對清淡，架構上更接近「豪門恩怨肥皂劇」，序幕即嵌入一場駭人的畫面，將讀者牢牢地鉤入劇情。辦案過程中，瑪波小姐另聘慧黠迷人的露希小姐，潛入疑雲重重的鹿瑟福。兩位小姐的視角頻仍轉換，前場後場的調度十分緊湊，讓讀者捨不得輕易暫停。克莉絲蒂向來很節制「愛情」的著墨，但在此作，她給露希小姐點綴了幾許風花雪月，時至今日，露希小姐情歸何處，是海內外讀者樂此不疲的謎題。而在《死亡不長眠》中，步履蹣跚的瑪波小姐擔憂一對年輕夫婦，不惜啟程遠行，讓我們見到她慈幼的一面。《加勒比海疑雲》也帶給我相當的樂趣，見瑪波小姐與毒舌老富翁拉斐爾搭檔，完成第一次在國外大展長才的紀錄，很是過癮。續作《復仇女神》，拉斐爾已逝，留下一封報酬頗豐的委託，瑪波小姐積極走入謎團，讀者可以看清她心中晃蕩不止的漣漪。瑪波小姐追憶拉斐爾的絮語，我認為是全系列裡罕有的「情愫」展現。

瑪波小姐還有項令人歆羨的本事：她的才華普遍獲得男性同儕的認同。亨利爵士稱她「本人絕無僅有，四星級睿智的紅粉知己，老太婆中的超級老太婆」。尼勒警官如此形容她：「為人正直，具有無可指摘的正義感。」時間跨幅長久的蓋達克警官更是五顆星好評：「瑪波小姐能夠用最大限度的鎮靜來思考謀殺、猝死，以及各種真實罪案。」

按照出版年代，《瑪波小姐的完結篇》是瑪波小姐最後一次現身。若以氛圍而言，我認為《破鏡謀殺案》裡瑪波小姐的自述，更適切地傳達出這位天才神探正緩緩邁向遲暮，「人必須面對現實：聖瑪莉米德昔日風貌不再。當然，從某種意義上說，沒有一樣東西能一如往昔。你可以怪罪戰爭（兩次世界大戰），怪罪年輕這一代，或者出去工作的女人，或者原子彈，或者政府，但其實你真正不滿的只是一個簡單的事實：你正在變老」。瑪波小姐信任的傭人凋零，外甥為她聘請的女傭竟把她視為昏聵無知、需要悉心呵護的老人家。萬幸的是，摯友荷大克醫師捎來了慰藉，他認為瑪波小姐最合適的藥方就是：一場謀殺案。這舉止點醒了讀者，縱使低調不鋪張，瑪波小姐依然、無庸置疑地對辦案懷有莫大熱情。

文章的尾聲，我要再次回到瑪波小姐的人性觀，她雖堅稱「最無情的猜測往往都會被證實為真」，倒也不吝坦承「我總是對人性抱著希望」。這位英國小姐的魅力自然流淌，她洞明世事，仍不失對人情的寬諒。

獻詞

阿嘉莎・克莉絲蒂是世界讀者最眾，也最廣受喜愛的女作家。
身為克莉絲蒂的孫兒，我相信奶奶會非常樂見這次出版，
因為她極以自己作品中的趣味與娛樂為豪。
歡迎所有喜歡本系列的台灣新讀者參與這場饗宴！

——馬修・培察（Mathew Prichard）

瑪波小姐的完結篇

目錄

01

聖堂

Miss Marple's Final Cases

牧師娘臂彎裡滿抱著菊花，從住家一角彎了過來。她的厚底皮鞋上沾滿了花園的肥土，連鼻頭都沾著幾塊泥，可是她渾然不覺。

開鐵門的時候，她稍稍費了些力氣。那扇門已經生鏽，半懸半掛地繫在鏈條上。一陣風把她頭上那頂破舊的毛帽吹得更加歪斜。

「煩人！」圓圓罵了一句。

哈蒙太太雖然被樂觀的父母取了個「黛安娜」的教名，不過她自小由於某種顯而易見的原因而被暱稱為「圓圓」，從此以後這個名字就和她如影隨形。她緊緊抱著菊花，蹣跚穿過鐵門和教堂墓地，來到了教堂門口。

十一月的空氣溫涼而溼潤。雲彩在天空裡飛快掠過，留下東一塊西一塊的藍天。教堂裡面則是又暗又冷。它只在做禮拜的時候才會生火取暖。

「哎喲！」圓圓的聲音和表情一樣生動。「我最好趕緊把事情做完。我可不想凍死。」

她以平日訓練來的敏捷，很快就找齊了必要的用具：花瓶、水和花夾。「要是我們有水仙就好了，」圓圓心頭默想。「我已經看膩了這些瘦巴巴的菊花。」她靈巧的手指排了排花器裡的花朵。

這種插花擺設並不需要原創力或藝術感，因為圓圓・哈蒙本人既無原創力也沒有藝術感。可是它會產生一種家的氛圍，令人感到愉快。圓圓小心翼翼地端著花瓶，沿著甬道朝聖壇一步步走去。此時，太陽慢慢升了起來。

東面的窗戶鑲裝的是簡陋的彩繪玻璃，以藍色和紅色為主……這是維多利亞時代一個常來教堂做禮拜的有錢人捐贈的。陽光透過玻璃直射進來，一瞬間光芒四射，產生了令人震驚的效果。「就像珠寶一樣。」圓圓心想。她驟然停下腳步，兩眼瞪視著前方。聖壇的台階上，有一團黑影縮在那裡。

圓圓小心放下花瓶，走上前去彎下腰來。躺在那兒的是個男人，整個人蜷縮成一團。圓圓在他身旁屈膝跪下，慢慢地、謹慎地將他翻轉過來。她的手指探了探他的脈搏。脈動如此微弱，加上他那蒼白、近乎青綠的臉色，一切已不言而喻。

「毫無疑問，」圓圓想，「這男人快死了。」

那人年約四十五歲，身穿一套寒酸的黑色西裝。她放下那隻軟趴趴的手，查看他的另一隻手。那隻手擱在他胸前，有如握緊的拳頭。她再仔細一看，發現那隻手裡緊握著一大塊軟軟的東西，看起來像是一條手帕。他把它緊緊貼在胸口上，手的周圍布滿了一片乾掉的褐色液體。圓圓猜想，那是乾了的血漬。她一屁股坐在地上，皺起眉頭。

在此之前，那男人的雙眼始終緊閉，這時候突然睜開，定定地盯在圓圓的臉上。那對眼睛既不迷茫恍惚，也非游移不定，看似充滿了活力和機敏。他動了動唇，圓圓彎身向前想聽清楚他的話……更確切地說，是他說的那兩個字。他只說了這兩個字：「聖堂。」

圓圓隱約覺得，在他氣若游絲地說出這兩個字的時候，臉上似乎浮現出淺淺的微笑。她聽得沒錯，因為片刻後他又說了一遍：「聖堂。」

接著，伴著一聲拖得老長的微弱嘆息，他又閉上眼睛。圓圓再度伸手去摸他的脈搏。它仍在跳動，但更加微弱，間隔的時間也更長。她下定決心，站起身來。

「你別動，」她說，「千萬別動。我去找幫手來。」

男人再度張開眼睛，不過他的注意力似乎集中在東面窗戶射進來的彩色光芒上。他低聲說了什麼，可是圓圓沒有完全聽清楚。她心頭一驚，覺得那人好像在說她丈夫的名字。

「朱利安？」她說，「你是來找朱利安的？」

沒有回答。那人緊閉著雙眼躺在地上，呼吸愈來愈慢，也愈來愈淺。

圓圓轉過身去，快步走出教堂。她看了看錶，滿意地點點頭。葛里斐醫生現在應該還在診所裡。診所離教堂只有幾分鐘的路程。她逕自走了進去，未曾停步敲門或按鈴，便穿過候診室直接進了醫生的診療間。

「你得馬上來，」圓圓說，「教堂裡有個男人快死了。」

幾分鐘後，葛里斐醫生對男人做了一番簡單的檢查，最後站起身來。

「可不可以把他從這裡搬移到你家去？這樣我比較方便照顧他……雖然這不表示他還有救。」

「當然可以，」圓圓說，「我這就去把東西準備好。要不要我把哈勃和瓊斯叫來，好幫忙抬動他？」

「謝謝。我是可以從你家打電話叫救護車來，怕就怕等救護車來的時候……」他沒把話說完。

圓圓問：「是內出血？」

葛里斐醫生點點頭，隨即問道：「他到底是怎麼跑進教堂裡來的？」

「我想他一定在裡面待了一整夜，」圓圓答道，「哈勃每天早上上班前都會到教堂開門，但他通常不會進來。」

五分鐘後，葛里斐醫生放下電話，那個受傷的男人躺在沙發暫時鋪就的毯子上。圓圓正攪動著一盆水，清洗醫生檢查過的傷口。

「噢，就是這樣了，」葛里斐說，「我叫了救護車，也通知警察了。」

他皺著眉頭站在一旁，俯視著雙眼緊閉、躺在沙發上的病人。那人的左手在他身軀旁邊不斷抽搐。
「他是被人射傷，」葛里斐說，「從很近的距離開的槍。他把他的手帕捲成一球，堵住傷口以便止血。」
「他被射傷了還能走那麼遠？」圓圓問。
「噢，可以的，這很有可能。我就知道有個受了致命傷的人自己爬起來走下街道，就像什麼事也沒發生一樣，可是五分鐘或十分鐘後突然倒下不起。所以，這人不一定是在教堂裡被人射傷的。沒錯，他可能是在遠地受的傷。當然，他也可能是自己打了自己一槍，然後丟下槍，跌跌撞撞地闖到教堂來。我不知道他為什麼到教堂來而不去牧師家。」
「噢，這個我知道，」圓圓說。「他說：『聖堂』。」
醫生瞪著她。
「聖堂？」
「朱利安來了，」聽到丈夫在門廳裡的腳步聲，圓圓邊說邊轉過頭去。「朱利安，在這裡。」
朱利安．哈蒙牧師走進房間。他身上流露出一股學者氣質，所以外表看起來比實際年齡老成得多。

「我的天！」朱利安．哈蒙說，瞪著那些外科手術儀器和蜷縮在沙發上的男人，神情隱隱流露出不解。

圓圓以她一貫的精簡用字解釋道：「這人在教堂裡，快死了。他被人射傷了。你認識他嗎，朱利安？我想他曾經提到你的名字。」

牧師走近沙發，低頭看了看那個即將嚥氣的人。

「可憐的傢伙，」他搖了搖頭。「不，我不認識他。我可以肯定，我從沒見過這個人。」

這時候，那個垂死的人再度睜開眼睛。他的目光從醫生身上移向朱利安．哈蒙，又從哈蒙移向他的妻子，接著就停駐在那裡，定定地盯在圓圓的臉上。葛里斐走上前來。

「你能說話嗎？」他焦急地說。

那男人雙眼依然緊盯著圓圓，以微弱的聲音說道：「請……請……」

接著一陣輕顫，就這麼斷了氣。

§

海斯警佐舔舔鉛筆，把筆記本翻過一頁。

「所以，哈蒙太太，你能告訴我的就這麼多？」

「對，就這麼多，」圓圓說，「這些東西是從他大衣口袋裡拿出來的。」

海斯警佐肘邊的桌子上放著一個錢包、一只刻有「WS」縮寫的破手錶，外加一張去倫敦的車票票根。除了這些，別無他物。

「你們已經查出他是誰了，對吧？」圓圓問。

「一對叫艾柯思的夫婦打電話到警局來。這人是艾柯思太太的兄弟，至少看來是這樣。他的名字是桑伯恩，健康不佳、精神不穩已有好一陣子了。近來他的身體每下愈況，前天出門後就沒再回家。他出門的時候身上帶著一把左輪手槍。」

「然後跑到教堂來朝自己開槍？」圓圓問，「為什麼呢？」

「噢，你知道，他的情緒一直很低落……」

圓圓打斷了他的話。

「我不是那個意思。我是說，他為什麼選上這裡？」

海斯警佐顯然不知道這個問題的答案，所以他繞了個圈子。

「他是搭乘五點十分的公車到這裡來的。」

「噢，」圓圓又問了一次。「可是為什麼呢？」

「哈蒙太太，這我可就不知道了，」海斯警佐說，「誰又知道。要是一個人的腦筋不正常……」

圓圓替他把話說完。

「他大可在任何地方自殺，可是在我看來，搭車到這樣一個小鄉下來未免多餘。他在此地沒有任何熟人，不是嗎？」

「到目前為止我們還不確定。」海斯警佐說。他道歉似地咳嗽一聲，站起身來，口裡說道：「哈蒙太太，艾柯思夫婦可能會來登門拜訪……如果你不介意的話。」

「我當然不介意，」圓圓說，「那是很自然的事。但願我能告訴他們一些事情。」

「那我就告辭了。」海斯警佐說。

「如果這不是一樁謀殺案，」圓圓陪他朝前門走去。「我就謝天謝地了。」

一輛車停在牧師住宅的鐵門前。海斯警佐朝它瞄了一眼，隨口說道：「看來艾柯思夫婦已經上門來了。」

圓圓強打起精神，打算忍受一段想必是痛苦煎熬的經歷。「再怎麼說，」她想，「我可以找朱利安來幫我。人在悲痛的時候，牧師是個很大的安慰。」

雖然圓圓不能確切地描繪出她料想中的艾柯思夫婦是什麼模樣，不過當她趨前招呼的時候，心頭不免感到一絲訝異。艾柯思先生長得粗壯圓胖、紅光滿面，天性應是幽默樂觀；艾柯思太太身上則隱隱有股浮誇之氣，配上一張又薄又小還往上翹的嘴唇，嗓音又尖又細。

「哈蒙太太，你應該想像得到，這真是個天大的打擊。」她說。

「噢，我懂，」圓圓說，「這一定是個天大的打擊。快請坐。要不要我……噢，現在喝茶大概早了點……」

艾柯思先生揮揮他又短又胖的手。

「不用，不用，什麼也不用，」他說，「真是謝謝你了。我只想……呃，可憐的威廉說了什麼，你可知道？」

「他在國外待了很久，」艾柯思太太說，「我想他一定有些不可告人的事。自從他回家之後，心情就十分低落，也不愛說話。他說這個世界不適合人居住，也沒有任何東西值得期盼。可憐的比爾，他總是這麼情緒化。」

圓圓盯著這對夫婦看了半晌，一句話也沒說。

「他偷了我丈夫的左輪槍，」艾柯思太太繼續說下去。「我們完全不知情。接著他好像就搭了公車來到這裡。我想他這樣做也算貼心，他不想在我們家裡做這種事。」

「可憐的傢伙，可憐的傢伙，」艾柯思先生嘆了口氣，接著說道：「現在說什麼都無濟於事了。」

又一陣短暫的緘默後，艾柯思先生問：「他可曾留下什麼話？臨終遺言之類的，或者一句也沒有？」

他那對明亮、有如豬仔的眼睛緊緊盯視著圓圓。艾柯思太太的身子也向前傾，彷彿急著想聽到答覆。

「沒有，」圓圓靜靜回答，「他在快死的時候，來到教堂尋求庇護[1]。」

艾柯思太太口氣帶著疑惑地問：「庇護？我想我不大懂……」

艾柯思先生打斷了她。

「親愛的，就是聖所，」他的口氣甚是不耐。「牧師娘的意思是這個。你知道，自殺是一種罪。我想他是想要贖罪。」

「他臨死前是打算說些什麼，」圓圓說，「可是他才說了一個『請』字就嚥氣了。」

艾柯思太太拿手帕蒙住眼睛，鼻子開始抽搐。

1　庇護（sanctuary），亦是「聖堂」之意。

「噢，老天，」她說，「這太令人遺憾了，你說是不是？」

「好了好了，潘，」她丈夫說，「別再難過了。這種事誰也沒辦法。可憐的威廉。不管怎麼說，他現在終於安息了。非常謝謝你，哈蒙太太。希望我們沒有打攪你。我知道牧師娘很忙。」

夫婦倆分別和圓圓握了手。臨出門前，艾柯思突然轉過頭來問道：「噢，對了，還有一件事。我想他的大衣在這裡，對吧？」

「他的大衣？」圓圓皺起眉頭。

艾柯思太太接口說道：「你知道，我們希望把他所有的東西都拿走。就算是追念吧。」

「他留下一只手錶、一個錢包，口袋裡還有一張火車票，」圓圓說，「我全都交給海斯警佐了。」

「那就無所謂了，」艾柯思先生說，「我想海斯警佐會把那些東西轉交給我們。他的私人信件應該在那個錢包裡。」

「錢包裡有一張一英鎊的紙鈔，」圓圓說，「其他什麼也沒有。」

「沒有信件？沒有那一類的東西？」

圓圓搖搖頭。

「噢，再次謝謝你，哈蒙太太。他穿的那件大衣……警方大概也拿走了，對吧？」

圓圓皺著眉頭，極力回想。

「沒有，」她說，「我想是沒有。讓我想想。葛里斐醫生和我把他的大衣脫下來，以便檢查傷口。」她對著房間茫然四顧了一陣。「我一定是把大衣連同毛巾和水盆一起拿到樓上去了。」

「哈蒙太太，如果你不介意，我們想拿回他的大衣。你知道，這是他最後的遺物，我太太對它是很有感情的。」

「當然可以，」圓圓說，「要不要我先找人把它洗乾淨？恐怕那件大衣很……呃，有很多汙漬。」

「噢，不用，不用，那沒關係。」

圓圓蹙起眉頭。

「我得想想我把它放到哪裡去了。失陪一下，我等下就回來。」

她上了樓，過了好幾分鐘才又回到房間。

「真是抱歉，」她上氣不接下氣地說，「我的女傭把它和其他衣服包在一起，打算拿去送洗。我花了好一陣子才找到。衣服在這裡，我拿牛皮紙把它包起來了。」

儘管艾柯思夫婦一再推辭，她還是把大衣包了起來。夫婦倆帶著千恩萬謝再次和圓圓道別後雙雙離去。

圓圓慢慢走過門廳，進入書房。朱利安．哈蒙牧師抬頭看了看她，緊鎖的眉頭舒展開來。他正在準備一場布道，可是他有點擔心，居魯士國王領下的朱迪亞和波斯間的政治糾葛會讓他分了心。

「有事嗎，親愛的？」他帶著期盼的語氣問道。

「朱利安，」圓圓說，「『聖堂』到底是什麼？」

朱利安．哈蒙帶著感激放下他的布道稿。

「噢，」他說，「在古羅馬和古希臘的廟宇裡，聖堂指的是立有神像的內殿。拉丁文的聖壇叫作『ara』，這個字也有保護的意思，」博學多聞的牧師繼續說道：「到了西元三九九年，聖堂在基督教教堂裡的地位終於得到確認。在英國，關於聖堂權利的記載，最早見於西元六〇〇年由艾西伯特所制定的《律法章程》……」

他又繼續解釋了好一陣子，而和往常一樣，妻子對他深入講解的反應讓他一頭霧水。

「親愛的，」她說，「你真好。」

她彎下腰，在他的鼻尖上親了一下。朱利安覺得自己像隻狗，因為耍了個聰明的把戲而受到獎賞。

「艾柯思夫婦剛才來過我們家。」圓圓說。

牧師皺起眉頭。

「艾柯思夫婦？我好像不記得……」

「你是不認識。他們是教堂裡的那個男人的姐姐和姐夫。」

「親愛的，你應該叫我一聲。」

「完全沒必要，」圓圓說，「他們並不需要安慰。我在想，」她皺起眉頭。「朱利安，如果明天我把飯菜放在爐子上，你自己應付得來嗎？我想去倫敦看看這次的拍賣會。」

「去看帆船[2]？」她丈夫茫然地望著她。「你是說遊艇還是小船之類的？」

圓圓笑了。

「不是，親愛的。『布羅和賓特曼』正在大拍賣，你知道，就是賣床單、桌布、毛巾，還有玻璃擦布的那家店。玻璃擦布好容易磨損，我真不知道怎麼辦才好。再說，」她若有所

2　帆船的英文是 sail，與「拍賣會」的英文 sale 同音。

思地加了一句：「我想我該去看看珍姑媽了。」

§

珍．瑪波小姐這位和藹可親的老太太，這時候正獨自住在她外甥的小公寓裡，舒舒服服地享受著倫敦大都會的可愛之處。她可以享受整整兩週。

「雷蒙真是貼心，」她喃喃說道，「他和瓊恩到美國去了，要去兩個星期呢。他們非要我到這兒來享受享受。親愛的圓圓，告訴我，你為什麼一副憂心忡忡的模樣？」

圓圓是瑪波小姐最喜歡的教女。在老太太關愛的目光下，圓圓把她那頂最好的毛帽往腦後一推，把事情始末說了一遍。

圓圓的敘述簡單明瞭，她說完後，瑪波小姐點了點頭。

「原來如此，」她說，「原來如此。」

「所以我覺得我得來見你，」圓圓說，「你知道，我不太聰明……」

「誰說你不聰明，親愛的。」

「噢，我是不聰明。至少不像朱利安那麼聰明。」

「當然，朱利安是滿肚子的學問。」瑪波小姐說。

「確實如此，」圓圓說，「朱利安很有學問，至於我，有的只是常識。」

「圓圓，你不單是有常識，你也很聰明。」

「你知道，我不知道該怎麼辦才好。我也不能去問朱利安，因為……呃，我的意思是，朱利安的腦筋太直了。」

瑪波小姐對這句話完全心領神會。她說：「我懂你的意思，親愛的。我們女人，呃，是不一樣，」她又說：「圓圓，你剛把事情經過告訴了我，不過我想知道你自己的想法如何。」

「這件事非常不對勁，」圓圓說，「教堂裡的那個男人，他對聖堂瞭若指掌。他說話的語氣和朱利安一模一樣；我的意思是，他是受過良好教育的飽學之士。如果他真的朝自己開了槍，他不會在事後跑到教堂來，還說出『聖堂』這個字眼。聖堂是指當你被人追捕，只要進教堂就安全了的地方；追殺你的人不能動你半根汗毛。曾經有一段時期，法律在教堂裡也無用武之地。」

她徵詢的目光望向瑪波小姐。瑪波小姐點點頭，於是圓圓繼續往下說：「艾柯思夫婦完全是不一樣的人，既粗野又無知。還有一件事，那只手錶……那死去男人的手錶，錶後刻有『WS』的名字縮寫。可是我打開一看，裡面有極小的字寫著『父親送給華特』，還附有日期。那人叫作華特，但艾柯思夫婦一直稱他為威廉或比爾。」

瑪波小姐張口想說話，可是被圓圓搶先一步。

「噢，我知道有人不一定會用教名稱呼。我的意思是，也許你的教名是威廉，別人卻叫你『寶弟』、『胡蘿蔔』，這我可以理解。但如果你的名字是華特，你姐姐絕不可能叫你威廉或比爾。」

「你的意思是，她並不是他姐姐？」

「我敢肯定她不是。他們可厭極了，兩個都是。他們到我家來是為了拿他的東西，還想知道他在臨死前說了什麼。我告訴他們，那人什麼也沒說，他們的臉色明顯鬆了口氣。我個人認為，」圓圓下了結語。「射傷他的人就是艾柯思夫婦。」

「這是謀殺案？」瑪波小姐問。

「沒錯，」圓圓說，「這是謀殺案。親愛的珍姑媽，這就是我來見你的原因。」

對於一無所知的聽眾來說，圓圓這句話或許是對牛彈琴，不過瑪波小姐在這方圓百里之內，可是以善於處理謀殺案而享有盛名的。

「他在臨死前曾經對著我說『請』，」圓圓說，「他希望我替他辦一件事情。但這件事是什麼，我毫無頭緒。」

瑪波小姐思索片刻，突然問了個圓圓也曾想到的問題。

「他為什麼會跑到你們的教堂去呢？」

「你的意思是，」圓圓說，「如果他只是想找個避難所，他大可走進任何教堂，根本沒必要搭乘一天只發四班車的公車，跑到我們這個地處偏僻的教堂來。」

「他去你們教堂一定有其目的，」瑪波小姐說，「他一定是去見某個人。奇平村這地方不大，圓圓，你一定知道他去見什麼人。」

圓圓把所有的鄰居在腦海裡過濾了一遍，最後才猶猶豫豫地搖搖頭。

「就某種角度來看，」她說，「任何人都有可能。」

「他沒提到任何人的名字？」

「他有提到朱利安，至少我想他說的是這個名字。不過，我想那也可能是茱莉亞。可是就我所知，我們奇平村裡沒有人叫作茱莉亞。」

她閉上眼睛，回想那天的情景。那男人躺在聖壇的台階上，陽光透過教堂玻璃射進來，折射出珠寶般的紅光和藍光。

「珠寶。」瑪波小姐若有所思地說道。

「我正要說到最重要的一點，」圓圓說，「這才是我今天來這兒的真正原因。你知道，艾柯思夫婦千方百計想拿回那人的大衣。醫生檢查他傷口的時候，我們把它脫了下來；那件大衣很舊了，還有點破爛，他們根本沒有道理要拿回去。他們假裝說是為了紀念，但這顯然是胡扯。

「不過，我還是上樓去找大衣。就在我上樓的時候，我想起那人曾經做了個動作，像是想從大衣裡拿出什麼東西。所以當我找到大衣，我就仔仔細細地看了看，發現大衣襯裡有一個地方用不同的線重新縫過。我把它挑開，結果在裡面發現一張小紙條，我把紙條拿出來，用一樣的線把襯裡縫好。我做得非常小心，我想艾柯思夫婦不會知道我重新縫過……我是這麼想，但我不能確定。然後我就把大衣交給他們，還為耽擱的時間編了個藉口。」

「紙條呢？」瑪波小姐問。

圓圓打開手提袋。

「我沒拿給朱利安看，」她說，「要不然他會要我把它交給艾柯思夫婦。我想我帶來給你看比較好。」

「一張衣帽間的存物收據，」瑪波小姐邊看紙條邊說，「派汀頓車站。」

「他的口袋裡還有一張回派汀頓的車票。」圓圓說。

兩個女人對望一眼。

「我們應該採取行動，」瑪波小姐乾脆地說，「不過我想，還是小心點為妙。親愛的圓圓，今天你來倫敦的時候，有沒有人跟蹤你？」

「跟蹤？」圓圓驚呼一聲。「你該不會以為……」

「噢，我想這是有可能的，」瑪波小姐說，「任何事情都有可能，我們最好小心防範。」她俐落地站起身子。「你到倫敦來，表面上是為了去拍賣會買東西，所以我們應該去拍賣會才對。不過在我們出發前，我們可以添加幾樣小道具。我想，」瑪波小姐加上一句，不知意為何指。「這下子我該用得上那件海狸領上有斑點的舊粗呢大衣了。」

約莫一個半小時後，這兩個穿著舊衣、外表寒酸的女人，四隻手上緊握著一大捆好不容易奪來的手織床單和桌巾，在一家名為「蘋果枝」的僻靜小旅館裡坐下。她們點了牛排、腰子布丁、蘋果餡餅和牛奶蛋糊，打算好好恢復體力。

「真是一條好毛巾，就和戰前的品質一樣，」上氣不接下氣的瑪波小姐喘著氣說，「上面還繡了一個『J』，正巧雷蒙的太太就叫瓊恩。我得把這些東西收起來，等到非用不可的時候再拿出來。要是我比自己預計的還早死，那就留給瓊恩用了。」

「我真的需要這些玻璃擦布，」圓圓說，「而且還真便宜；雖然那個薑黃色頭髮的女人從我手上搶走的那幾塊更便宜。」

這時候，一個時髦的年輕女孩走進蘋果枝。那女孩臉上塗著厚厚的脂粉，口紅也濃得嚇人。她先是四下張望，接著快步走到她們桌前，把一個信封放在瑪波小姐肘邊。

「這是你的，老太太。」她的嗓音清清脆脆。

「噢，謝謝你，葛拉蒂，」瑪波小姐說，「真是多謝你。你真好。」

「我永遠樂意為你效勞，」葛拉蒂說，「艾娜總是對我說：『你為瑪波小姐做的每件事都會讓你受益匪淺』。我真的很樂意為你效勞。」

「真是個可愛的女孩，」瑪波小姐望著離去的葛拉蒂，口裡又說了一遍。「總是這麼熱心，這麼樂於助人。」

她打開信封看了看，接著遞給圓圓。

「親愛的，我們一定要非常小心，」她說，「對了，我記得曼徹斯特有個很和氣的年輕警官，他現在還在那裡嗎？」

「我不知道，」圓圓說，「不過我想還在。」

「如果他不在，」瑪波小姐若有所思地說，「我還是可以打電話給警察局長。我想他應該還記得我。」

「那當然，」圓圓說，「每個人都會記得你。你非常與眾不同。」她站起身來。

到了派汀頓車站，圓圓拿出行李收據，片刻後，她就領到了一個破舊的手提箱。她拎著它朝月台走去。

回家的路上什麼事也沒發生。火車抵達奇平村的時候，圓圓站起身子，拿起手提箱。她才踏出車門，一個男人沿著月台發瘋似地衝過來，從她手上奪了手提箱就跑。

「抓住他！」圓圓大叫，「抓住他，抓住他！他搶了我的手提箱。」

這個鄉村小站的檢票員是個慢郎中，他才說：「喂，老兄，你可不能這樣……」胸前就挨了一拳。那人把他推到一旁衝出車站，朝一輛等候著的小轎車跑去。他把箱子扔進車內，自己正待踏上車，一隻手就搭上了他的肩膀，艾貝爾警佐的聲音在他耳邊響起。

「老兄，你在做什麼？」

圓圓也從車站追趕過來，她喘著大氣說道：「他搶了我的箱子。我提著它剛下火車。」

「胡說，」那男人說，「我不知道這位女士在說什麼。這是我的箱子。我才剛提著它下火車。」

艾貝爾警佐以大公無私、不帶感情的眼神看了圓圓一眼。沒人猜得到他在下班後，常和這位哈蒙太太討論肥料和骨粉對玫瑰花叢的好處。

「夫人，你說這箱子是你的？」艾貝爾警佐問。

「是的，」圓圓說，「沒錯。」

「你說呢，這位先生？」

「我說這箱子是我的。」

那男人個頭高大，皮膚黝黑，一身體面的衣著，說話尾音拖得老長，態度甚是傲慢。一個女人的聲音從車裡傳來。

「艾德溫，這箱子當然是你的。我不懂這女人在做什麼。」

「那我們就得把事情弄清楚，」艾貝爾警佐說，「夫人，如果這箱子是你的，你說裡面裝了些什麼？」

「衣服，」圓圓說，「一件斑點海狸領的長大衣，兩件羊毛衫和一雙鞋。」

「嗯，說得很清楚。」艾貝爾說，接著轉身面向男人。

「我是劇院的服裝師，」那個黑皮膚男人以自負的口氣說道，「箱子裡裝的是我為此地一場業餘演出購買的道具。」

「那好，」艾貝爾說，「這樣吧，我們把它打開來看看如何？我們可以一起去警察局，不過如果你趕時間，我們就把箱子拿回車站，在那裡打開就行了。」

「我同意，」那男人說，「我姓摩斯。艾德溫·摩斯。」

艾貝爾提著箱子走回車站。

「喬治，把這個拿到行李室去。」他對檢票員說。

艾貝爾把手提箱放在行李室的櫃檯上，把掛鏈拉開。箱子沒有上鎖。圓圓和艾德溫·摩斯先生分別站在艾貝爾兩旁，彼此怒視著對方。

「啊！」艾貝爾警佐打開箱蓋的時候，不禁叫了一聲。

裡頭是一件破舊的海狸領粗呢大衣，摺得整整齊齊，另外還有兩件羊毛衫和一雙鄉村便鞋。

「夫人，和你說的一模一樣。」艾貝爾警佐轉頭對圓圓說。

絕對沒有人會說艾德溫·摩斯先生的表演不夠逼真。他的沮喪和窘愧簡直是無人能及。

「我道歉，」他說，「真是太對不起了。請相信我，夫人，我真的感到非常非常抱歉。不可原諒，我的行為真是不可原諒。」他看了看錶。「我得走了。說不定我的箱子還在火車上。」他再度舉帽向圓圓致意，以極其溫馴的口氣說道：「請你一定要原諒我。」說完急步走出了行李室。

「你就這樣放他走了？」圓圓用一種同謀者的密商口氣低聲問艾貝爾警佐。

艾貝爾一隻眼睛對她眨了眨。

「他走不遠的，夫人，」他說，「換句話說，他不可能在無人監視下遁走，如果你懂我意思的話。」

「噢。」圓圓這才舒了一口氣。

「那個老太太打過電話來，」艾貝爾警佐說，「她好幾年前來過這裡。她的腦筋還是那麼好，對吧？不過今天的事夠多了，探長或警官很可能明天早上才會去找你問這件事。」

登門拜訪的正是瑪波小姐記得的那位蓋達克警官。他對圓圓笑笑打了聲招呼，就像看到老朋友一樣。

「奇平村又有人犯案了，」他看起來十分開心。「你們這兒總不缺轟動的新聞，你說是不是，哈蒙太太？」

「我寧可這樣的事情少一點，」圓圓說，「你是來問我問題的，還是打算告訴我一些事情？」

「我先告訴你一些事情，」警官說，「就從艾柯思夫婦說起吧。我們監視這兩個人已有一段時間了。我們有理由相信，他們和本區的幾樁搶劫有關。還有，艾柯思太太是有個叫桑伯恩的弟弟剛從國外回來，不過昨天死在教堂裡的那人絕不是桑伯恩。」

「我就知道他不是，」圓圓說，「光說一樣，那人名叫華特，不叫威廉。」

警官點點頭。

「他的名字是華特．聖約翰，四十八小時前才從查雲頓監獄逃了出來。」

「這就對了，」圓圓輕聲自語道，「他被法律追捕，所以才會尋求避難所。」她問：「他犯了什麼罪？」

「這得從很久以前說起。故事挺複雜的。幾年前，有個舞孃在音樂廳巡迴演出。我想你可能沒聽過她，她跳的是《阿拉伯之夜》那一類的舞蹈，舞碼叫作《阿拉丁的寶藏洞窟》。她全身上下掛了很多寶石，其他倒是穿得很少。

「她其實沒有多少舞蹈天分，不過人長得很漂亮。總而言之，一個亞洲皇族大大為之傾倒，他送給她很多禮物，其中一樣是一串極其精美的翡翠項鍊。」

「是不是某個王公貴族的傳家古物？」圓圓低聲問，相當神往的樣子。

蓋達克警官咳了一聲。

「呃，那項鍊的式樣挺現代的，哈蒙太太。不過這段感情不久就結束了，因為我們這位皇族又迷上了一個電影明星，而她的胃口比那舞孃大多了。

「卓貝達——我們不妨以她的藝名稱呼那個舞孃吧——不肯放棄那串項鍊。說來也巧，這時候那串項鍊被人偷走了，是在劇院裡她的化妝室裡丟掉的，警察懷疑是她自己動的手腳，自導自演了這場珠寶失蹤記。有人把這種事叫作打知名度，當然也可能是出於一種更不純正的動機。

「那串項鍊一直沒找到。可是在調查過程中，警方注意到這個叫作華特・聖約翰的人。他是個教育教養俱佳的人，但並不得志，受雇於一家行事可議的公司當珠寶商。我們懷疑這家商店是個幌子，實際上幹的是珠寶搶劫之類的勾當。

「有證據顯示，他一度經手過這串項鍊，不過他之所以被判入獄，是因為其他的珠寶竊案。他再過不久就要服刑期滿了，所以他會越獄確實令人意外。」

「可是他為什麼要跑到這裡來呢？」圓圓問。

「哈蒙太太，我們也很想知道。根據調查，他好像先去了倫敦，可是以前的熟朋友他一個也沒去找，反而去看了一個叫作賈考柏的老太太。她曾經是一家劇院的美容師。對於他去找她的目的，她一個字也不肯說，不過據她的鄰居表示，他離開的時候手上提了個手提箱。」

「原來如此，」圓圓說，「他把箱子放在派汀頓車站的寄存處，然後就到這裡來了。」

「那時候，」蓋達克警官說，「艾柯思夫婦和那個自稱為艾德溫・摩斯的男人已經盯上了他。他們要那個箱子。他們看著他搭上公車，然後開了一部車在他之前來到這裡。當他步下公車時，他們已經等著他了。」

「他是被人殺害的嗎？」圓圓問。

「是的，」蓋達克說，「他是被人開槍射殺的。槍是艾柯思夫婦的，不過我相信開槍的人是摩斯。哈蒙太太，我們想知道的是，華特．聖約翰在派汀頓車站寄存的箱子，現在在哪裡。」

圓圓露出笑容。

「我想它現在應該在珍姑媽手上……」她說，「我是指瑪波小姐。這是她的主意。她找了一個過去在她那兒幫傭的人，把一個裡頭裝了她個人物品的箱子存進派汀頓車站的寄存處，接著我們倆互換了存票。我拿到她的箱子後，就搭火車把它帶到這兒來。看來她早料到有人會來搶我的箱子。」

輪到蓋達克警官露出笑容。

「她打電話來的時候就是這麼說的。我現在要開車去倫敦看她，你要不要一起去，哈蒙太太？」

「這個，」圓圓想了想，「這個，呃，事實上，說起來還真巧，昨晚我正好牙痛，所以我確實該去倫敦看牙醫，你說是不是？」

「一點也沒錯。」蓋達克警官說。

§

瑪波小姐先看看蓋達克警官的臉，目光接著轉向圓圓・哈蒙那張熱切的臉龐。那個手提箱就放在桌上。

「當然，我還沒打開來，」老太太說，「官方的人沒到，我連想都不敢想。更何況，」她帶著矜持又頑皮的維多利亞式微笑又加上一句：「箱子上了鎖。」

「瑪波小姐，你可願意猜猜裡頭裝了些什麼？」警官問。

「你知道，」瑪波小姐說，「我想裡頭應該是卓貝達的戲服。你需要鑿子嗎，警官？」

鑿子很快就發揮了作用。箱蓋彈起的那一剎那，兩個女人同時發出一聲低呼。窗戶射進來的光線照耀在箱子裡那些數也數不完的寶藏上：一大堆晶光閃閃的珠寶，紅、藍、綠、橙，光彩奪目。

「阿拉丁的寶藏窟，」瑪波小姐說，「這些閃閃發亮的珠寶都是那個舞孃跳舞的道具。」

「啊，」蓋達克警官說，「一個人為了擁有這個箱子而遭到謀殺，你們認為它為什麼這麼珍貴呢？」

「我想她是個精明的女人，」瑪波小姐若有所思地說，「她已經死了，對吧，警官？」

「是的，三年前死的。」

「她手上握有一串貴重的翡翠項鍊，」瑪波小姐一面思索一面說，「她把一顆顆寶石從項鍊上取下，東一顆西一顆地縫在她的戲服上，讓大家以為那些只是色彩繽紛的假寶石。接著她找人照著項鍊打造了一個複製品，也就是後來被偷走的那串。難怪那串項鍊從來沒有出現在市場上。因為竊賊不久就發現那些寶石全是假的。」

「這裡有一封信。」圓圓邊說邊把閃亮的珠寶推到一旁。

蓋達克警官從她手裡接過信封，從裡面拿出兩份看來很正式的文件。他大聲唸了出來：

「『華特·艾德蒙·聖約翰和瑪麗·摩斯的結婚證書』……這是卓貝達的真名。」

「這麼說，他們是夫妻，」瑪波小姐說，「原來如此。」

「另一張是什麼？」圓圓問。

「是個女孩的出生證明，名字是茱兒。」

「茱兒？」圓圓叫出聲。「原來如此，茱兒！吉兒！這就對了！我現在知道他為什麼要到奇平村來了。他就是想告訴我這個。茱兒。你知道，曼迪夫婦，就是住在拉伯南公寓的那對夫婦，他們替人照顧一個小女孩。他們很疼她，就像對待親孫女一樣。沒錯，我記起來了，那女孩的名字就是茱兒，不過他們管她叫吉兒。

「曼迪太太在一星期前中風了，曼迪先生也得了嚴重的肺炎，兩個人都要送進療養院去。我一直在替吉兒找個好家庭。我可不希望她被送到孤兒院去。

「我想，她父親一定是在監獄裡得知了這件事，所以設法脫逃出來，從那個老美容師那裡把他和妻子當初託放的箱子拿到手。我想，如果這些寶石確實是她母親的，現在這個孩子就用得上了。」

「哈蒙太太，我想你說得沒錯，如果珠寶真在這裡的話。」

「噢，沒錯，珠寶真的就在這裡。」瑪波小姐開心地說。

§

「親愛的，感謝上帝，你終於回來了。」朱利安．哈蒙牧師帶著深情和一聲滿足的輕嘆，趨前迎接他的太太。「你不在的時候，伯特太太好心來幫我，但她午餐給我吃的魚餅，味道實在太怪了。我不想吃又不想傷她的心，所以就把它拿給提格拉思，可是連牠都不吃。我只好把魚餅扔到窗外去了。」

「提格拉思，」圓圓一面撫摩臥在她膝邊的貓兒一面說，「牠吃魚可是很挑嘴的。我常說，牠有個非常尊貴的胃！」

「親愛的，你的牙還好嗎？你去看牙醫了嗎？」

「去了，」圓圓說，「牙齒沒那麼痛了，所以我又去看了珍姑媽。」

「可愛的老太太，」朱利安說，「我希望她一點兒也沒衰老。」

「確實一點兒也沒有。」圓圓笑著說。

第二天早上，圓圓為教堂換上新鮮的菊花。陽光又從東面的窗戶照射進來，圓圓站在聖壇的台階上，沐浴在珠寶般燦爛的陽光下。她輕聲自語道：「你的小女兒不會有事的。我會把她安排得好好的，我保證。」

她開始清理教堂，隨後在排排長椅中屈膝跪下禱告了一陣，接著就回家去跟兩天沒動、已經堆積如山的家務奮戰去了。

02

馬修叔公的玩笑

Miss Marple's Final Cases

「而這位，就是瑪波小姐！」珍娜．海黎兒以這句話結束了她的介紹。身為演員，她總有辦法讓自己的話產生預期的效果。這句話顯然是個高潮，一個成功的收場，而她的語氣流露出的敬畏和得意更讓效果增添了幾分。

在珍娜的極力引薦下，兩個年輕人終於和瑪波小姐見了面。比較不搭調的部分是：那個被珍娜吹捧了老半天的人，原來不過是個慈眉善目、看來挺愛碎嘴的老小姐。年輕人臉上顯出難以置信的神情，甚至有點沮喪。這兩人都是俊男美女；女孩叫查蜜恩．史卓，身材苗條，皮膚黝黑，年輕人叫愛德華．羅西特，一頭金髮，性情溫順，身高體健。

查蜜恩首先開了口。

「噢，我們非常榮幸見到你。」

可是她的眼神中透著狐疑。她詢問似地朝珍娜．海黎兒身上迅速投上一瞥。

「親愛的，」珍娜迎著她的目光回答道，「她非常了不起，把事情交給她就好。我說過我會把她請來，現在我已經做到了。」她接著對瑪波小姐說：「我知道，你一定可以為他們解決問題。這對你來說輕而易舉。」

瑪波小姐那對沉靜的藍眼眸望向羅西特。

「你能不能告訴我，」她說，「事情的來龍去脈？」

「珍娜是我們的朋友，」查蜜恩插嘴道，語氣頗為不耐。「愛德華和我現在實在是一籌莫展。珍娜說如果我們來參加她的晚宴，她可以為我們介紹一個人，一個能夠……一個可以……」

愛德華為她解了圍。

「珍娜告訴我們，你是個稱得上奇葩的業餘偵探，瑪波小姐。」

老太太的眼眸一亮，不過嘴裡還是謙虛說道：「哪裡哪裡！完全不是那麼回事。我只不過是因為住在鄉下，對人性有比較深刻的認識。但你們確實勾起了我的好奇心。快把你們的問題告訴我吧。」

「恐怕我們的問題太俗氣了……只不過是埋藏的寶藏。」愛德華說。

「真的？聽來多令人興奮！」

「我知道。聽起來就像《金銀島》一樣。不過我們的問題可沒那麼浪漫。其中既沒有用頭骨和人骨標出藏寶地點的藏寶圖，也沒有『向左四步，往西偏北』之類的提示。我們的問題簡單明瞭得很……我們該去哪裡挖寶才對？」

「你們試過了嗎？」

「我敢說我們已經挖了整整兩英畝了。整塊地都快變成菜園了。我們剛才還在商量，該種胡瓜還是種馬鈴薯。」

查蜜恩突然冒出一句：「你真的想知道這件事的來龍去脈？」

「我當然想知道，親愛的。」

「那我們就找個安靜的地方聊聊。來吧，愛德華。」

她領頭走出煙霧繚繞、擁擠不堪的房間，沿著樓梯進入二樓一間客廳。

大家才坐下，查蜜恩便開了口。

「噢，事情是這樣的。故事要由馬修叔叔說起。他是我們的叔叔……不，應該是叔公才對，他已經非常非常老了。愛德華和我是他僅有的親人。他很喜歡我們，總是說死後要把錢財全部留給我們。去年三月他過世了，把一切都留給我和愛德華平分……我剛才說的話聽起來似乎有點無情。我並不是說他死得好，其實我們都很喜歡他。不過，他已經病了好長一段時間了。

「問題是，他留下的『一切』其實什麼也沒有。老實說，我們兩個挺失望的，你說是不是，愛德華？」

溫順的愛德華德表示同意。

「你知道，」他說，「我們本來是指望繼承一筆錢的。我的意思是，如果你知道你即將有一大筆錢落袋，你就不會……呃，你就不會省吃儉用、拚命去賺錢。我在軍中服役，除了薪餉外什麼也沒有，查蜜恩也是身無分文。她在一家定期換演節目的劇院裡做舞台經理，工作很有趣，她也很喜歡，不過就是沒錢可賺。我們也想要結婚，而對錢的問題我們一點也不操心，因為我們都以為，總有一天我們會很闊綽。」

「可是，你看，我們到現在還是沒有錢！」查蜜恩說，「而且，安斯提莊……就是祖先留下來的那塊地，愛德華和我都很喜歡……恐怕不得不賣給別人了。我們一想到這點就難以忍受！可是，如果我們找不到馬修叔公的錢，我們只有賣了它。」

愛德華開口說道：「你知道，查蜜恩，我們還沒說到最關鍵的一點。」

「那你說吧。」

愛德華轉過頭來對瑪波小姐說：「事情是這樣的。你知道，馬修叔公愈來愈老後，疑心病也愈來愈重。他對任何人都不信任。」

「他這麼做很明智，」瑪波小姐說，「他是不該相信墮落的人性。」

「呃，或許你說得對。總而言之，馬修叔公就是這麼想。他有個朋友因為銀行倒閉而失去了積蓄，另一個朋友被一個捲款潛逃的律師弄得傾家蕩產，而他自己也被一家詐欺公司騙走了一筆錢。從此以後，他就老是在叨唸，說最明智、最安全的辦法就是把錢都換成金條埋起來。」

「啊，」瑪波小姐說，「我慢慢懂了。」

「他的朋友看不過去，告訴他這麼做得不到半毛錢利息，可是他認為那不重要。他說錢就該『放在床底下的盒子裡或是埋在花園裡』。他就是這麼說的。」

查蜜恩接著往下說：「他很有錢，可是死的時候一張股票也沒留下。所以我們想，他可能真的把錢都埋起來了。」

愛德華解釋道：「我們發現他把股票都賣了，而且時不時就從銀行領出一大筆現金，可是沒人知道他用這些錢都做了什麼。看來他是說到做到，真的買了金條埋藏起來。」

「他臨死前沒說什麼嗎？他可曾留下任何文件？連信都沒有？」

「這就是讓人頭痛的地方。他什麼也沒留下。他昏迷了好幾天，可是臨終之前醒了過來。他看著我們，發出咯咯笑聲……很微弱的笑聲。他說：『你們沒問題的，我可愛的小鴿子』，接著輕輕拍了拍眼睛——他的右眼，又對我們眨眨眼，就……就嚥氣了。可憐的馬修叔公。」

「他輕輕拍了拍眼睛。」瑪波小姐若有所思地說。

愛德華德急急說道：「你認為這個動作可有任何意義？它讓我想到一個作家寫的故事，

說有個人的玻璃眼珠裡藏了一樣東西。可是馬修叔公並沒有玻璃眼珠啊。」

瑪波小姐搖搖頭。

「沒有，現在我什麼也沒想到。」

查蜜恩語氣透著失望。

「珍娜說你馬上就可以告訴我們到哪裡去挖寶。」

瑪波小姐露出微笑。

「你知道，我不是魔術師。我不認識你們的叔公，不知道他是什麼樣的人，也不知道你們家或那塊地在哪裡。」

查蜜恩說：「如果你知道了會怎樣？」

「嗯，那事情一定變得非常簡單，你說是不是？」瑪波小姐說。

「簡單！」查蜜恩說，「你就到安斯提莊去一趟，看簡不簡單！」

她或許並不是真想邀請瑪波小姐上門，可是瑪波小姐立刻回答：「噢，親愛的，你真好。我一直就盼著有機會去找埋藏的寶藏。」她望著他們，臉上綻出維多利亞式的笑容，口中加上一句：「再說，這是我熱中的興趣！」

§

「你看吧！」查蜜恩邊說邊做了個誇張的姿勢。

他們才剛巡視完整個安斯提莊。菜園裡溝壕縱橫，小樹林裡每一根粗木周遭都被挖過，曾經平整的草坪現在是滿目瘡痍、凹凸不平。他們上了早已被翻箱倒櫃的閣樓，也去了地窖一趟……裡面鋪地的旗狀石板已被撬開。他們在牆壁上東敲西量，還帶瑪波小姐看了每一件帶有祕密抽屜或是可能帶有祕密抽屜的古董家具。

客廳的桌子上堆了一大落文件，全都是馬修．史卓留下來的。所有的文件都完好無缺，那些帳單、請帖和商業信函都被查蜜恩和愛德華再三翻閱過，以便發現一些被忽視了的蛛絲馬跡。

「你覺得還有什麼地方我們沒檢查過？」查蜜恩滿懷希望地問。

瑪波小姐搖搖頭。

「你們似乎檢查得夠仔細了，親愛的。請恕我這麼說……恐怕是過於仔細了。你知道，我一向認為人應該有計畫。像我的朋友艾翠琪小姐，她有個非常好的女傭，總是把鋪在地上的油氈擦得光亮亮的，可是她做得實在太仔細了，連浴室地板也擦得晶亮。結果艾翠琪小姐一踏出浴缸，腳下的小墊就滑掉了，她摔了一大跤，把腿都跌斷了。更糟的是，因為浴室的門上了鎖，所以花匠不得不弄來一道梯子從窗戶爬進去。這對一向保守的艾翠琪小姐簡直是奇恥大辱。」

愛德華不安地動了動身子。

瑪波小姐立刻改口道：「請原諒。我知道，我說話老是離題，不過我總會由一件事聯想起另一件事，有時候這種聯想挺有用。我想說的是，如果我們肯動動腦筋，想出一個可能的地點……」

愛德華怒聲說道：「那你就想個地點出來，瑪波小姐。查蜜恩和我的腦子現在只剩下一片空白！」

「天哪，別發火。當然，你們都很累了。如果你們不介意，我想看看這些東西，」她指指桌上的文件。「如果這些不涉及個人隱私……我不希望讓人覺得我在窺探什麼。」

「噢，儘管看。不過，恐怕你什麼也發現不了。」

她在桌前坐下，開始有條不紊地翻看文件。她一面看，一面整整齊齊地把文件分門別類疊成好幾落。文件都看完了，她雙眼盯著前方好半晌。

「怎麼樣啊，瑪波小姐？」愛德華不懷好意地問。

瑪波小姐像是嚇了一跳，她回過神來。

「真對不起，請再說一遍。」

「你發現什麼相關的東西了嗎？」

「噢，沒有，一點也沒有，不過我相信我已經知道你們的馬修叔公是個什麼樣的人。我想，他就像我的亨利叔叔一樣，喜歡開玩笑。很顯然，他是個單身漢……我不知他為什麼單身，可不可能是年輕時為情所傷？他做任何事都有一定的條理，可是不喜歡被人綁死……哪個單身漢不是這樣！」

查蜜恩在瑪波小姐身後對愛德華做了個手勢，表示這老太太腦袋少了半根筋。

瑪波小姐依然興致勃勃地談著她死去的亨利叔叔。

「他很喜歡說雙關語，可是對某些人來說，雙關語簡直煩透了。一個小小的文字遊戲很可能會讓人火冒三丈。他也是個愛疑神疑鬼的人，總認為傭人在偷他的東西。有時候傭人確實會偷他的東西，不過並不常偷。可是這想法已經在他腦子裡生了根，可憐的亨利叔叔。他臨死時，還懷疑有人在他的食物上動手腳，到最後他只吃白煮蛋，其他東西根本不肯入口！他說沒有人能隔著蛋殼動手腳。可愛的亨利叔叔，他曾經是那麼的快樂。他非常喜歡飯後的咖啡，總說：『這咖啡太有摩爾風味了！』你知道，這意思就是他還想再喝一點。」

愛德華覺得如果他再聽到一句關於亨利叔叔的話，一定會發狂。

「他也喜歡年輕人，」但瑪波小姐還是往下說，「喜歡逗逗他們，如果你們懂我意思的話。比如說，他常把糖果袋放在孩子們拿不到的地方。」

查蜜恩把禮貌拋到一旁，脫口說道：「聽起來他這人恐怖極了。」

「噢，不會，親愛的，你知道，他只是個老單身漢，不習慣和小孩子相處。而且，他其實一點也不笨。他在家裡放了很多錢，還設置了一個保險櫃。他老是大吹大擂，說保險櫃多麼安全可靠。這種話他說太多了，結果有天晚上竊賊破門而入，用一種化學方法在保險櫃上切了個洞。」

「他活該。」愛德華說。

「可是，保險櫃裡什麼也沒有，」瑪波小姐說，「你知道，他其實是把錢放在別的地方……夾在書房裡幾本厚重的布道集裡。他說，別人永遠不會從書架上取下那種書來看。」

愛德華興奮地插嘴道：「這倒是個好主意。我們找過書房了嗎？」

只見查蜜恩不屑地搖搖頭。

「你以為我沒想到嗎？上星期二你去樸茨茅斯的時候，我把所有的書都翻過一遍了。我把書架上的書全部拿下來，一本一本地抖，可是什麼也沒有。」

愛德華嘆口氣，站起身來。他盡可能技巧地想擺脫掉這位令人失望的客人。

「你真是太好了，願意到寒舍來幫我們。很抱歉我們一無所獲，而且恐怕浪費了你不少時間。這樣吧，我開車送你去車站，你可以趕上三點三十分的火車。」

「噢，」瑪波小姐說，「可是我們一定得找到這筆錢，你說是不是？你千萬別洩氣，羅西特先生。『如果一次不成功，那就試、試、再試。』」

「你是說你要……繼續找？」

「嚴格說來，」瑪波小姐說，「我還沒開始找呢。就像比頓夫人在她的烹飪書裡說的：『首先，要捉住你的兔子』……這是本好書，可是貴得嚇人。大多數的食譜都是這樣開頭：『取一夸脫奶油和一打雞蛋』。讓我想想，我剛說到哪兒了？噢，對。目前為止，我們算是捉住了兔子……這隻兔子當然是你們的馬修叔公。現在，我們只要判斷他把錢放在什麼地方就好了。這應該很簡單。」

「簡單？」查蜜恩問。

「噢，是的，親愛的。我相信他一定把錢放在很明顯的地方。一個祕密的抽屜……這是我的答案。」

愛德華話中帶刺。

「你不可能把金條放在祕密抽屜裡。」

「對，當然不能。可是我們何以確定錢已經換成金條？」

「不過他老是說……」

「我的亨利叔叔也老是說他的保險櫃！所以我強烈懷疑，那只是個煙幕彈。鑽石，倒是很容易放在祕密抽屜裡。」

「但是，我們已經檢查過所有的祕密抽屜。我們請了一個木匠，把所有的家具都搜查了一遍。」

「真的嗎，親愛的？你們可真聰明。我覺得你們叔公的書桌是最可能的地方……就是靠牆那個高高的寫字檯，對吧？」

「沒錯。我就讓你看看。」

查蜜恩走過去，把桌蓋取下，露出裡面的許多文件格和小抽屜。她把居中的一道小門打開，碰碰左手邊抽屜裡的一個彈簧，只聽到喀嚓一聲，中央內凹的底板應聲往前滑開。查蜜恩把底板抽出來，露出下面一個很淺的夾層，裡頭空無一物。

「這不是巧合是什麼？」瑪波小姐叫出聲來。「亨利叔叔也有一個這樣的書桌，不過他的是核桃木做的，而這個是桃花心木的。」

「不管怎麼說，」查蜜恩說，「你都看到了，什麼也沒有。」

「我想，」瑪波小姐說，「你們請的木匠是個年輕人。他不一定什麼都知道。想當年，大家建造的藏寶處可是非常巧妙的。有種東西叫作『祕密裡的祕密』。」

她從腦後整潔的灰髮髻上取下一枚髮針，將它弄直後，把尖端插入祕密凹板上一個看來有如蟲洞的小孔內。她費了一點勁，拉出一個小抽屜來。裡頭有一捆褪色的信件，還有一張摺起來的紙。

愛德華和查蜜恩雙雙撲向這個新發現。愛德華用顫抖的手打開那張紙，嫌惡地叫了一聲，就把它扔到地上。

「一張該死的食譜。烤火腿？」

查蜜恩將捆著信件的緞帶解開，拿起一封看了看。

「情書！」

瑪波小姐的反應則是維多利亞式的熱情。

「多麼有意思！這大概就是你們叔公一直沒結婚的原因。」

查蜜恩大聲唸出來。

「『親愛的馬修，我必須承認，自從收到你上一封來信後，我簡直度日如年。我盡可能用各種工作讓自己忙碌，也常對自己說，能見識到繁華世界，我是多麼幸運，雖然我去美洲的時候，根本沒想過會坐船到這麼遠的島上來！』」

查蜜恩頓了頓。

「這封信是從什麼地方寄來的？噢，是夏威夷！」她繼續唸：「『可惜的是，這些土著居民依然處於蒙昧之中。他們依然生活在赤身裸體的野蠻狀態，多半的時間都用來跳舞、游泳，以花環裝扮自己。格雷先生改變了一些人的宗教信仰，不過這是艱難的任務，他和夫人都快失去信心了。我努力去鼓勵他、逗他開心，可是我也常感到憂傷，原因我想你應該猜得到，馬修。對一個戀愛的人來說，分離真是一種殘酷的考驗。你的誓言和深情厚愛讓我感到極大的安慰。從現在直到永遠，我的心都是你的，親愛的馬修。真心愛你的貝蒂．馬丁上。附記：像往常一樣，我把信寄給我們共同的朋友馬蒂達．葛瑞芙，請她轉交給你。希望上帝會寬恕我這個小小的陰謀。』」

愛德華吹出一聲口哨。

「一個女傳教士！原來這就是馬修叔公的羅曼史。不知道他們為什麼沒結婚？」

「她好像走遍了全世界，」查蜜恩一邊翻看那些信一邊說，「模里西斯……什麼地方都有。她大概是死於黃熱病之類的惡疾。」

一個細小的笑聲把他們嚇了一跳。瑪波小姐顯然開心極了。

「太好了，」她說，「看看這個！」

她在看那張烤火腿的食譜。看到兩人詢問的眼神，她便唸出聲來。

「『烤火腿配菠菜。取一塊燻腿肉，塞上丁香，再撒上一層紅糖，在爐子裡用慢火烤。上菜時加上一圈菠菜泥。』你們覺得怎麼樣？」

「我覺得有點噁心。」愛德華說。

「錯了，其實這道菜應該很好吃……不過，你們對這整件事的看法如何？」

愛德華臉上突然迸出光彩。

「你認為這是一種密碼……是某種暗號？」他一把搶過食譜。「查蜜恩，這有可能，你知道！要不然他沒有理由把一張食譜放在祕密抽屜裡。」

「一點也沒錯，」瑪波小姐說，「這點非常、非常重要。」

查蜜恩說：「我知道它可能是什麼……無色墨水！我們把它熱一下。把電爐打開。」

愛德華照辦了。可是經過一番處理，絲毫書寫的痕跡也沒出現。

瑪波小姐咳了一聲。

「你知道，我真的認為你們把事情想得太複雜了。我們不妨這麼說，這張食譜只是一個提示。我想，真正重要的還是這些信。」

「這些信？」

「尤其是，」瑪波小姐說，「上頭的簽名。」

可是愛德華對她的話置若罔聞。他激動地大叫：「查蜜恩，你過來！她說得對。你看，這些信封都很陳舊，但裡頭的信顯然是最近才寫的。」

「沒錯。」瑪波小姐說。

「而且那些信是經過特殊處理才顯得陳舊的。我敢賭上全部的財產……這是馬修叔公自己偽造的。」

「一點也沒錯。」瑪波小姐說。

「這整件事是個騙局。從來就沒有什麼女傳教士。這一定是個暗號。」

「親愛的年輕人，你真的沒必要把事情想得那麼複雜。你們的叔公其實是個單純的人。他只是想開開自己的小玩笑，別無其他目的。」

他們頭一回全神貫注地聽瑪波小姐說話。

「瑪波小姐，你這話到底是什麼意思？」查蜜恩問。

「親愛的，我的意思是，其實錢現在就在你的手上。」

查蜜恩低頭去看信。

「那個簽名，親愛的。就是它，讓一切都真相大白了。食譜只是一個提示。把丁香、紅糖等雜七雜八的都去掉，你看食譜上還剩下什麼？燻腿肉和菠菜！燻腿肉和菠菜，這代表什麼？代表胡說八道！所以，顯然那些信才重要。然後，你再想想你叔公臨死前的那個動作；你說過，他拍了拍眼睛。所以，這就是了。那個動作已經給了你暗示。」

查蜜恩說：「我想，不是我們瘋了就是你瘋了。」

「親愛的，你一定聽過一句話，意思是，事實並非你眼目所見：『我的一隻眼睛和貝蒂．馬丁』，還是這句話現在已經過時了？」

愛德華猛吸一口氣，眼神落到手上的信。

「貝蒂．馬丁……」

「羅西特先生，就像你剛才說的，根本沒有這樣一個人，過去沒有，現在也沒有。這些信都是你叔公自己寫的。我敢說，他從中得到了很多的樂趣！一如你所說，信封上的字跡顯得陳舊許多……事實上，這個信封原來並不是裝著這些信的，因為你手裡拿的信封郵戳是一八五一年。」她頓了頓，以加強的語氣又說了一遍。「一八五一年。這就解釋了一切，不是嗎？」

「對我來說可沒有。」愛德華說。

「噢，是呀，」瑪波小姐說，「我敢說，要不是我的曾外甥利奧諾，我也會一頭霧水。他是個可愛的孩子，也是個集郵迷。關於郵票的事他如數家珍。他告訴我一些珍稀而昂貴的郵票，還說有幾枚新發現的郵票曾經上市拍賣。我清清楚楚記得，他提到一張一八五一年發行、面值兩分的郵票。我記得它大概賣了二萬五千美元。想想看吧！我想，其他的郵票一定也是極其珍貴而稀有的。毫無疑問，你們叔公透過交易商買了這些郵票，而且小心翼翼地『掩蓋形跡』，就像偵探小說裡描述的一樣。」

愛德華呻吟一聲，坐下用雙手蒙住臉。

「你怎麼了？」查蜜恩問。

「沒什麼。我只是想，要不是瑪波小姐，我們可能已經把這些信燒得一乾二淨了！」

「啊，」瑪波小姐說，「這倒是那些喜歡開玩笑的老紳士所始料未及的。我記得有一年聖誕節，亨利叔叔寄了一張五英鎊鈔票給他最喜歡的甥女當禮物。他把鈔票夾在聖誕卡裡，然後把卡片黏起來，在外頭寫道：『寄上我的愛和最誠摯的祝願。恐怕今年我只能送你這張卡片了。』

「可憐的小女孩，她對他的吝嗇非常氣憤，就把卡片扔進火爐裡燒了。當然，後來他只好又給了她五英鎊。」

愛德華對亨利叔叔的態度突然來了個一百八十度大轉彎。

「瑪波小姐，」他說，「我去拿一瓶香檳來。讓我們為亨利叔叔的健康乾一杯。」

03

愛妻

Miss Marple's Final Cases

波莉小姐握住門環，禮貌地叩了叩寓所的門。她耐著性子等了半晌，又叩了幾聲。在她叩門之際，夾在左手臂下的包裹滑動了些，她忙把它扶正。包裹裡裝的是史賓洛太太新製的綠色冬裝，就等著試穿了。波莉小姐左手上掛著一個黑綢袋，裡頭裝有一條軟尺、一個針墊，還有一把實用的大剪刀。

波莉小姐個子又高又瘦，尖鼻薄唇，配上一頭稀疏的鐵灰色頭髮。她正猶豫著該不該三叩門環，突然，她目光朝街頭一望，只見一個身影快步走了過來。哈娜小姐用她一貫的低音大嗓門喊道：「午安，波莉小姐！」她已經五十五歲，雖然飽經風霜，依然開朗樂天。

女裁縫答道：「午安，哈娜小姐。」她帶有口音的聲調聽起來如此細弱，也顯得過於拘泥……她一踏入社會，就在某個夫人身邊幫傭。「對不起，」她接著又說，「請問你知道史賓洛太太是否在家？」

「我不知道。」哈娜小姐說。

「你知道，我不曉得該怎麼辦才好。我今天下午來，是為了拿新衣給史賓洛太太試穿。她要我三點半來。」

哈娜小姐看看腕錶。

「現在已經過了三點半。」

「沒錯。我已經敲了三次門，可是沒人來應門，我想，是不是史賓洛太太把這件事忘了而出門去了。不過她一般是不會失約的，再說，她還打算後天穿上這套衣服呢。」

哈娜小姐走進鐵門，沿著小徑走過來，也和波莉小姐一樣在拉伯南居的門外站定。

「為什麼沒人來應門？」她問，「噢，難怪了，今天是星期四，格羅蒂今天休假。我想史賓洛太太大概是睡著了。我想你大概叩門環叩得不夠響。」

她抓起門環，猛力往門上敲出幾聲震耳欲聾的咚咚巨響。不單如此，她還往門上的鑲玻璃上猛捶，一面用極其宏亮的嗓音喊道：「喂，有沒有人在裡面？」

沒人回答。

波莉小姐喃喃說道：「噢，我想史賓洛太太一定忘了這回事就出門去了。我改天再過來吧。」

她慢慢轉過身，正待往回走。

「胡說，」哈娜小姐說得斬釘截鐵。「她不可能出門去了，要不然我一定會遇見她。待我從窗戶裡瞧瞧，看屋裡是不是還有活人。」

她為自己的玩笑話開心地大笑起來，並從最近的一扇窗戶朝屋裡隨意望了幾眼……她之所以隨意望望，是因為她非常了解史賓洛夫婦；他們很少使用前廳，通常都待在後面的小客廳裡。

雖然只是隨意望了幾眼，她卻真的看到了人。一點也沒錯，哈娜小姐沒有看到活人的跡象。相反地，透過窗戶她看見了躺在爐前地毯上的史賓洛太太……已經斷了氣。

「當然，」哈娜小姐事後對人這麼說，「當時我極力保持冷靜，可是那個叫波莉的女人卻慌得不知如何是好。『我們一定要保持冷靜，』我對她說，『你留在這兒，我去找鮑克警官來。』她說了一些不讓我離開之類的話，我可沒管她。對這種人你只有狠下心來。他們總喜歡小題大做。我正打算離開，就看到史賓洛先生從屋角彎了過來。」

哈娜小姐說到這兒故意頓了頓，急得她的聽眾大氣也不敢喘地問道：「快告訴我，他當時的表情是什麼？」

哈娜小姐這才繼續往下說：「老實說，我當下就起了疑心！他太鎮靜了，對這個消息好像一點也不意外。你們怎麼說都行，不過當一個男人聽說妻子死了卻無動於衷，對我來說很不對勁。」

大家紛紛表示同意。

警方也同意。警方對史賓洛先生的無動於衷感到極為可疑，因此立刻著手調查，看史賓洛先生會不會因為史賓洛太太的死得到什麼好處。他們發現史賓洛太太是個富有的股東，而根據一份他們結婚後未久所立的遺囑，她的遺產將由丈夫繼承。這麼一來，警方對史賓洛先生不免更加懷疑了。

住在牧師公館隔壁的瑪波小姐，是個慈眉善目的老小姐……還有人說她舌利如刀。案發後約莫半小時，警方就上她家調查來了。來人就是鮑克警官，他一面煞有其事地翻開筆記本一面問：「夫人，如果你不介意，我想請教幾個問題。」

瑪波小姐說：「是不是和史賓洛太太的命案有關？」

鮑克大吃一驚。

「夫人，請問你是怎麼知道出了命案呢？」

「因為魚。」瑪波小姐回答。

這個回答讓鮑克警官如墜五里霧中。不過他猜對了，是魚販的兒子把這條新聞和瑪波小姐的晚餐一起送了過來。

瑪波小姐繼續柔聲說道：「躺在客廳地板上，被人勒死……可能是用一條細皮帶。不管凶器是什麼，它已經被人拿走了。」

鮑克臉色非常難看。

「這個小福萊德怎麼什麼都知道……」

瑪波小姐巧妙地岔開了話題。她說：「你的上衣上有一根針。」

鮑克低頭一看，不禁吃了一驚。他說：「有人說：『看到一根針把它拈起來，你會有一整天的好運氣。』」

「希望這話會成真。言歸正傳，你要我告訴你什麼？」

鮑克警官清了清喉嚨。他看看筆記本，擺出慎重其事的表情問道：「根據死者的丈夫亞瑟．史賓洛先生對我的陳述，他說兩點三十分左右，瑪波小姐您打電話給他，問他能不能在三點十五分來你家，你有急事找他商量。夫人，這是真的嗎？」

「當然不是。」瑪波小姐說。

「你並沒有在兩點三十分的時候打過電話給史賓洛先生？」

「不但兩點三十分沒打過，其他時間也沒打過。」

「啊。」鮑克警官帶著無限的滿足撚撚自己的八字鬍。

「史賓洛先生還說了什麼？」

「史賓洛先生說他三點十分從家裡出門，三點一刻準時來到這兒，到達之後，女傭就告訴他，瑪波小姐不在家。」

「這部分倒是真的，」瑪波小姐說，「他確實來過，不過當時我在婦女協會開會。」

「啊。」鮑克又冒出一聲。

瑪波小姐大聲說道：「警官先生，請你告訴我，你是不是認為史賓洛先生有嫌疑？」

「目前我是不該這麼說，不過在我看來，某個人——我們姑且不提名字——正在設法掩飾罪行。」

瑪波小姐若有所思地說：「史賓洛先生？」

瑪波小姐很喜歡史賓洛先生。他身材瘦小，說話保守謹慎，是極受敬重的一位紳士。他會搬來鄉下定居似乎有點奇怪，因為他先前顯然在城裡住了大半輩子。他曾對瑪波小姐吐露了原因。他說：「從我很小的時候，我就盼望有朝一日能住在鄉下，擁有自己的花園。我一直很喜歡花。你知道，我太太開了一家花店。我初次和她相遇，就是在那家花店裡。」

這本是一段平凡無奇的敘述，可是你眼前會展開一幅浪漫景象：年輕漂亮的史賓洛太太站在鮮花叢中。

然而，史賓洛先生對種花蒔草其實一竅不通。他分不清花籽，不知道如何修剪，不懂分栽嫁接，對一年生和多年生的花卉也渾然不知區別。他只是腦海裡有一幅遠景：擁有一個小小的花園，裡面種滿各種芳香四溢、五顏六色的花卉。他曾經可憐兮兮地向瑪波小姐請教種花之道，還把她的回覆記在一個小本子上。

他行事向來低調，或許正是因為這樣的個性，警方在發現他妻子遇害後才會對他如此有興趣。經過一番耐心、鍥而不捨的調查，警方對死去的史賓洛太太有了深入的了解……沒多久，整個聖瑪莉米德村也是無人不知了。

死去的史賓洛太太早先在一戶富豪人家中當女傭，辭職後嫁給一個花匠，夫妻倆在倫敦開了一家花店。花店生意興旺，花店主人卻日漸枯萎，不久就得病死了。

他的遺孀繼續經營花店，雄心勃勃地不斷擴充店面，花店生意愈來愈好。後來她以一個很好的價錢把花店賣掉，並且投入第二次婚姻，嫁給了史賓洛先生。他是個中年珠寶商，繼承了一家搖搖欲墜的小店。婚後不久，他們把珠寶店賣了，就此來到聖瑪莉米德村。

史賓洛太太很有錢。一如她對所有人的解釋：「在神靈的指引下」，她把經營花店的利潤都拿去投資。

而神靈對她投資方面的建言特別精準。她的投資無往不利，有些收益更是大得驚人。在此同時，她對招魂術的興趣也日漸滋長。曾經有一段時期，她摒棄了一切社交活動，全心投入一個源自印度宗教並以各種不同深呼吸法為立教基礎的神祕教派。然而，她來到聖瑪莉米德村後又開始轉奉傳統的英國國教。她是教堂的忠實信徒，勤勤懇懇地參加教堂的各種服務活動。她常光顧村中的店鋪，對村裡發生的事情深感興趣，也和村民相約打橋牌。

她過著平淡的家居生活。突然間，她被人謀殺了。

梅崎上校是本郡的警察局長。他把史萊克警官找來。

史萊克是那種專斷獨行的人。他一旦打定主意，就充滿了自信。現在的他就非常肯定。

「局長，是她丈夫下的手。」他說。

「你這麼認為？」

「我敢打包票。你只要看他一眼就知道，他絕對有罪。他從來沒有顯露出一絲悲傷或感情。他回家的時候，已經知道她死了。」

「他應該會露出悲痛丈夫的模樣，難道他連裝都沒裝一下？」

「沒有，局長。他太沾沾自喜了。有些人是不會演戲的。笨得像塊木頭。」

「他的生活裡有其他女人嗎？」梅崎上校問。

「我們還沒發現。沒錯，他是那種老奸巨猾的人，把自己的形跡掩蓋得好好的。依我看，他一定是厭倦了老妻。雖然她有錢，不過我敢說，那種女人一定很令人難以忍受……總是信這個教或那個教。他下了個冷血的決定，矢志除掉她，好舒舒服服過自己的日子。」

「嗯，我想事情可能就是這樣。」

「絕對錯不了，事情就是這樣。他精心策畫了整個過程，假裝接到一通電話……」

梅崎打斷他。

「我們沒有追蹤到任何電話？」

「沒有，局長。這意味著兩種可能：第一，他說謊；第二，對方是從公共電話亭裡打來的。村裡只有兩個公共電話亭，一個在火車站，一個在郵局。對方顯然不是用郵局的電話，因為每個進出郵局的人都逃不過伯雷德太太的眼睛。至於火車站的電話亭，那是有可能。火車於兩點二十七分進站，當時有點鬧哄哄的。而最重要的是，他說打電話給他的是瑪波小姐，不過這顯然不是真話。第一，電話不是從她家打出來的；第二，當時瑪波小姐人在婦女協會。」

「你大概忽略了一種可能：死者的丈夫被某人故意支開了。這人就是想殺死史賓洛太太的人。」

「局長，你是不是想到了那個叫作泰德．杰拉德的年輕人？我調查過他，得到的結論是他沒有犯案動機。他什麼好處也得不到。」

「不過，他不是個好東西，曾經有過侵吞公款的紀錄。」

「我並不是說他不是個壞東西。話說回來，是他自己去找老闆承認侵吞公款的事，而那時他們還不知道他的勾當。」

「他是『道德重整運動』裡的一員。」梅崎說。

「沒錯，局長。可是後來他脫離了『道德重整運動』這個組織，又主動承認偷了錢。當然，我並不排除他是出於精明才去自首的可能。他或許認為有人開始懷疑他，所以決定以悔過、自首的方式來賭一賭。」

「你有一顆善疑的腦袋，史萊克，」梅崎上校說，「對了，你和瑪波小姐談過了嗎？」

「局長，她和這件事有什麼關係？」

「噢，沒有任何關係。不過，你知道，她這人常常是耳聽八方的。你何不找她談談？她是個非常機敏的老太太。」

史萊克換了個話題。

「局長，有件事我一直想問你。死者最開始是在羅伯．亞伯科比爵士家當女傭。那裡曾經發生一起珠寶竊案，被偷的全是翡翠，價值連城。這案子一直沒破，而據我調查，案發時史賓洛太太就在那裡，雖然當時她的年紀還小。局長，你認為她和這案子會有關聯嗎？你知道，史賓洛雖然是那種缺乏身價的珠寶商，不過，他是很好的幌子。」

梅崎搖搖頭。

「我不認為這其中有所關聯。那時候她還不認識史賓洛。我記得這個案子。警方當時是認為他們家的一個兒子和此案有關。他叫吉姆·亞伯科比，一個揮霍無度的敗家子，欠了一屁股債，可是竊案發生後，他把債都還清了。他們說，是因為他結交了一個有錢的女人，但這我不清楚。老亞伯科比對這個案子還費了一點勁……他希望警察把案子銷掉。」

「我只是想到有這個可能而已，局長。」史萊克說。

§

瑪波小姐帶著感激接待了史萊克警官，尤其當她聽到他是受梅崎上校的指示而來。

「梅崎上校實在太好了。沒想到他還記得我。」

「他當然記得你。他告訴我，如果聖瑪莉米德村有發生什麼事連你都不知道，那麼那些事就不值得去了解。」

「他真是太過獎了，不過，我真的什麼都不知道。我是指這樁命案。」

「你知道大家都在談些什麼。」

「噢，那當然，可是重複一些無聊的談話有什麼用，你說是不是？」

史萊克語氣盡可能的溫柔。

「你知道，我這回來並非正式的官方談話。我們不妨當作是密談。」

「你是說，你真的想知道大家都說了什麼，不管那些話是否屬實？」

「就是這樣。」

「好吧。傳言很多，各種猜測都有，大致分為兩個壁壘分明的陣營，如果你懂我意思的話。首先，有人認為是那個做丈夫的殺了妻子。就某種角度看，配偶受到懷疑是很自然的，你不認為嗎？」

「大概吧。」史萊克的回答很謹慎。

「兩人相處有如短兵相接，你知道。其次就是謀財的動機。我聽說史賓洛太太很有錢，而她的死確實能使史賓洛先生受益。在這個邪惡的世界上，最無情的猜測往往都會被證實為真。」

「他確實會得到很多很多的錢。」

「正是如此。所以，他很可能把她勒死後從後門離開家，穿過田野到我家來找我，假裝他先前接到了我的電話，回家後卻發現自己的妻子在他外出時遭人殺害。他當然希望把責任推到流浪漢或竊賊身上。」

警官點點頭。

「至於謀財的動機呢？如果他們最近吵架……」

瑪波小姐打斷他。

「噢，他們沒有吵架。」

「你確定？」

「如果他們起了爭執，每個人都會知道！他們家的傭人格羅蒂‧班特，很快就會把這個消息傳遍全村。」

警官無力地駁斥道：「她可能不知道……」

瑪波小姐回以一個同情的微笑，繼續往下說：「還有另外一派，認為是泰德‧杰拉德下的手。這年輕人可是一表人才。你知道，好看的外貌能讓一個人更具影響力。我們的助理牧師不就是一個例子……簡直可說是具有魔力！所有的女孩子都開始上教堂，早祈禱會去，晚祈禱會也去。那些年紀較大的女人對教區事務也變得異常熱心……你不知道她們為他做了多少拖鞋和圍巾！可憐的年輕人，令他尷尬極了。

「噢，我想想，我剛說到哪兒了？噢，對，說到那個年輕小夥子泰德‧杰拉德。當然，大家對他也有點閒言閒語。他太常去拜訪史賓洛太太了。不過史賓洛太太親口對我說過，他是某個好像叫作『道德重整運動』組織的一員。我相信那些人個個都很誠懇，所以深深打動了史賓洛太太的心。」

瑪波小姐換了一種口氣，繼續說道：「我敢說，他們之間絕對沒有什麼逾矩之事，不過你知道，人就是這樣，很多人相信史賓洛太太被這個年輕人迷住了，借給他很多錢。案發當天，確實有人在車站看見他搭上了兩點二十七分的南下列車。話說回來，從火車另一邊溜下車，穿過路塹、越過圍牆、繞過籬笆，這樣就不會有人看到他從火車站出口出來，也不會看見他去了史宅，這樣做也是輕而易舉，你說是不是？噢，對了，大家都認為史賓洛太太那天的穿著非常奇怪。」

「奇怪？」

「她穿的是晨衣，不是洋裝，」瑪波小姐的臉紅了。「那種東西，你知道，難免讓人有所聯想。」

「你認為它讓你有所聯想？」

「噢，不，我不認為。我覺得它再正常不過了。」

「你認為穿晨衣很正常？」

「在那種情況下，是的。」瑪波小姐的目光透著冷靜和深思。

史萊克警官說：「這可能為我們提供了她丈夫犯案的另一個動機：吃醋。」

「噢，不，史賓洛先生絕對不可能吃醋。他不是那種會察言觀色的人。他是那種要等到他太太和別人跑了並且在針墊上留下字條後才會恍然大悟的人。」

史萊克警官感到不解，為什麼瑪波小姐目不轉睛地看著他。他隱約覺得她在暗示他什麼，可是他領悟不出來。

這時候瑪波小姐以強調語氣又問了一句：「警官，『你』在案發現場難道沒有發現任何線索？」

「瑪波小姐，這年頭做案的人不會留下指紋或菸灰之類的東西。」

「可是我認為，這樁命案，」她暗示道，「犯案手法頗為傳統……」

史萊克立刻反問：「你這話是什麼意思？」

瑪波小姐不慌不忙說道：「你知道，我想鮑克警官可以幫你。他是第一個到達所謂『案發現場』的人。」

§

史賓洛先生坐在一張輕便的摺疊躺椅上，看起來一副茫然的模樣。他以尖細而清晰的嗓音說道：「當然，這可能只是我的想像。雖然我的聽力已經大不如前了，不過，我分明聽見一個小孩在我身後大喊：『喂！誰是殺人凶手？』……這句話讓我覺得，他認為是我殺了我太太。」

瑪波小姐輕輕摘掉一朵枯萎的玫瑰花。

「可是，為什麼那個小孩會有這種想法呢？」

「毫無疑問，他就是要讓你這麼覺得。」

瑪波小姐咳嗽一聲。

「毫無疑問，是從他的長輩那兒聽來的。」

「你……你真的認為其他人也都這麼想？」

「聖瑪莉米德村裡有大半的人都這麼想。」

「可是，親愛的瑪波小姐，大家為什麼會這麼想呢？我是真心真意愛我的太太。她並不像我以為的那麼熱愛鄉村生活，可是要讓兩個人的意見在每件事情上都絕對一致，本來就不可能。我可以向你保證，她的驟逝令我哀慟逾恆。」

「或許吧。不過請原諒我這麼說，你的口氣聽起來並不是太傷心。」

瘦小的史賓洛先生猛地站起來。

「親愛的瑪波小姐，多年前我曾經讀到一位中國哲學家的故事。他深愛的妻子去世時，他照樣平靜地在街上敲鑼——我想那應該是中國的一種傳統娛樂吧——就和平常沒兩樣。他的鄉人對他的堅強大表佩服。」

「可是，」瑪波小姐說，「聖瑪莉米德村的人反應卻截然不同。中國哲學對他們並不適用。」

「可是你懂，對吧？」

瑪波小姐點點頭。

「我有個亨利叔叔，他的自制力就異於常人。」她接著解釋道，「他的座右銘是：『喜怒絕不顯露於外』。他也喜歡花花草草。」

「我本來想，」史賓洛先生的口氣透著渴望。「或許我可以在房子西側建個花棚，種上紫藤或是粉紅色玫瑰。還有一種形狀像星星的白花，我一時忘了它的名字……」

瑪波小姐用平時對她三歲侄孫說話的口氣說道：「我這裡有一份很好的目錄，上頭還有圖片。你或許有興趣翻一翻……噢，現在我得出門一趟。」

瑪波小姐把史賓洛先生留在花園裡快樂地翻閱目錄，她則上樓回到自己房間，拿一張牛皮紙，又匆匆忙忙裹起一件衣服就出了門，朝郵局的方向疾步走去。波莉小姐，也就是那個裁縫，就住在郵局樓上。

不過瑪波小姐並未立刻進門上樓。這時剛好是兩點三十分，一分鐘後，馬奇班罕線的公車在郵局門口停下，這是聖瑪莉米德村每日的大事之一。郵局的女局長拿著大包小包匆匆往外走，這些包裹裝滿了經營副業所需的各種貨品……這家郵局除了辦理郵政，還兼賣糖果、廉價書籍和兒童玩具。

瑪波小姐獨自在郵局裡待了約有四分鐘之久。

等到女局長回到崗位，瑪波小姐這才上了樓。

她對波莉小姐說，如果可能，她想把那件灰色縐綢的舊衣裳改成比較時髦的式樣。波莉小姐答應試試看。

§

有人通報瑪波小姐來訪，警察局長顯得十分驚訝。瑪波小姐一進門就不斷道歉。

「梅崎上校，真對不起，非常抱歉打攪你。我知道你很忙，不過你一向對我十分親切，所以我沒去找史萊克警官，寧可來找你。你知道，我不希望鮑克警官惹上麻煩。說得確切些，我認為他根本不該碰任何東西。」

梅崎上校有些摸不著頭腦。他問：「鮑克？你說的是聖瑪莉米德村的警官，對吧？他做了什麼？」

「你知道，他拾起了一根針。針就別在他的上衣上。我當時就想到，那根針有可能是他在史賓洛太太家裡拾起來的。」

「沒錯，沒錯。但不管怎麼說，一根針有什麼關係呢？事實上，他確實在史賓洛太太的屍體旁邊拾起了那根針。昨天他還來找史萊克提起這件事。我想是你要他來的，對吧？當然，他是不該碰任何東西，不過就像我剛才說的，一根針有什麼關係呢？那只是一根普通的針，一根任何女人都可能用到的針。」

「噢，不，梅崎上校，這你就錯了。在男人眼裡，它或許只是一根普通的針，然而其實不是。它是一種特殊的針，非常之細，一般都是整盒整盒地販賣，而且多半是裁縫師才會用得到。」

梅崎眼睛緊盯著瑪波小姐，臉上慢慢透出一絲了悟的表情。瑪波小姐一臉的急切，連點了好幾回的頭。

「沒錯，事情在我看來簡直一目了然。她穿著晨衣，是因為她正打算試穿新衣。她走到前廳，波莉小姐說要量她的尺寸，於是把軟尺套在她脖子上，接下來只要把軟尺一繞，用力一拉就好……我聽人說，這麼做非常容易。接著她走到屋外把門帶上，又站在門外敲門，就像是剛到一樣。但那根針可以顯示，她已經進門過了。」

「打電話給史賓洛先生的是波莉小姐？」

「是的，是兩點三十分從郵局打過去的。那時候公車到站，郵局裡一個人也沒有。」梅崎說：「可是，親愛的瑪波小姐，這是為什麼呢？老天在上，這到底是為什麼？殺人總得有個動機吧。」

「噢，我想你是知道的，梅崎上校，從我所聽到的來看，這案子要從很久以前說起。這件事讓我想起我那兩個表哥，安東尼和高登。無論做什麼事，安東尼都出馬就成功，而可憐的高登正好相反：去賽馬跛了腳、買股票股價就下跌、投資的房地產都貶值。在我看來，這兩個女人是共犯。」

「她們共同犯下了什麼罪案？」

「一起竊案。那是很久以前的事了，我聽說失竊的是非常值錢的翡翠。這一定是夫人的貼身女侍和雜務女傭聯手，因為有件事一直無法解釋：小女傭嫁給花匠後，他們怎麼會有足夠的錢開花店？

「答案是：就靠著她那份……贓物，我想這麼說還算貼切。她所做的每件事都很順利，等於是錢滾錢。可是另一個人，也就是夫人的貼身女侍，一定非常潦倒。她淪落到只能在鄉下當裁縫。後來她們再度相逢。我想，一開始她們還相處甚歡，直到泰德．杰拉德先生出現。

「你知道，史賓洛太太那時候已經飽受良心譴責之苦，所以把感情寄託在宗教上。毫無疑問，泰德那個年輕人力勸她面對現實，要她『洗滌罪惡』。我敢說，她下定決心這麼做。但波莉小姐不這麼想。她只想到她會因為多年前的竊盜罪行被逮去坐牢。所以她決定要讓這一切做個了斷。你知道，恐怕她一向就是個心腸惡毒的女人。我相信就算史賓洛先生這個又笨又和氣的人被送上絞刑台，她也一樣無動於衷。」

梅崎上校緩緩說道：「呃，你的推理我們能夠證實幾分。波莉小姐確實曾在亞伯科比家當貼身女侍，可是……」

瑪波小姐讓他安了心。

「這很簡單。她是那種一聽到真相敗露就會立刻崩潰的女人。再說，你知道，我已經拿到了她的軟尺。我……呃，昨天用它的時候把它偷了出來。一旦發現軟尺不見了，她一定以為是警方拿走了……噢，她是個無知的女人，認為軟尺會暴露她的罪行。」

她對他露出一個鼓勵的微笑。

「你不會有問題的，我向你保證。」

他最喜愛的姨媽也曾用這種口氣對他保證，說他不會在警官學校的入學考試中失利。

而他也真的考上了。

04

守門婦之謎

Miss Marple's Final Cases

「怎麼樣？」荷大克醫生問他的病人。「今天感覺如何？」

倚在枕頭上的瑪波小姐對他虛弱地笑笑。

「我想，我身體其實好些了，」她說，「可是我覺得心情非常低落。我忍不住要想，死了該有多好。畢竟我已垂垂老矣，沒人需要我，也沒人關心我。」

荷大克醫生一如往常，沒頭沒腦插口道：「沒錯，沒錯，是這種感冒的典型後遺症。你得找個事情讓你分心解悶，找個精神上的補品。」

瑪波小姐嘆了口氣，又搖搖頭。

「而且，」荷大克醫生又說，「我今天把藥方帶來了！」

他把一個長信封拋到床上。

「這個最適合你。這個謎正好合你的胃口。」

「謎？」瑪波小姐似乎有了興趣。

「這是我的文學創作，」醫生一面說，一面微微紅了臉。「我盡可能把它寫得像個普通故事。我用了第三人稱的全知觀點，例如『他說』、『她說』、『那女孩認為』，不過故事情節都是千真萬確。」

「但這故事為什麼是個謎？」瑪波小姐問。

荷大克醫生咧嘴一笑。

「這就看你怎麼闡釋了。我想看看，你是不是像你一向表現的那麼聰明。」

荷大克醫生說完，就離開了病人。

瑪波小姐拿起手稿，讀了起來。

「新娘子在哪裡？」哈蒙小姐柔聲問道。

全村的人都急著想看哈瑞・賴斯東從國外帶回來那位年輕、漂亮又有錢的妻子。大多數的人寬容地認為，哈瑞這個惹是生非、邪門歪道的年輕無賴交上了好運。大家對哈瑞一向寬容，就連曾經被他用彈弓打破窗戶的屋主，在他低聲下氣、一臉悔恨的表情下，原本的怒氣沖沖也變得煙消雲散。小時候他打破窗戶、盜獵兔子、偷別人的水果，長大後債台高築，又和當地菸草商的女兒糾纏不清，最後被送到非洲去，才斬斷了這段情絲。而村裡的人（尤以幾個老處女為代表），依然帶著縱容這麼說：「你看著吧，這個浪蕩子會安定下來的！」

現在，果不其然，這個浪蕩子回來了……不是鎩羽而歸，而是衣錦還鄉。就像俗話所說，哈瑞・賴斯東「發了」。他亟思振作、努力工作，後來遇見一個擁有可觀財富的英法混血女孩，而且順利地把她娶進門。

哈瑞大可定居在倫敦，或是在某些有錢人常去狩獵的鄉間買地置產，可是他寧願回到這個村子來，畢竟這是他的家鄉。而最浪漫的是，他買下了寡婦小屋附近那個荒廢的莊園，只因為他曾經在那裡度過童年。

金士汀莊園已有七十年沒人住了。房子漸漸敗壞，裡頭的人也陸續搬離。現在，只有一個老守門人和他的老伴住在宅子裡一處尚稱完好的角落。這是個外表豪華但不討人喜歡的大宅邸，花園裡花草過於茂密，四周的樹木將房子團團罩住，顯得它像是魔法師居住的陰森森洞穴。

寡婦小屋則是個樸實無華又不失舒適的小屋，被哈瑞的父親賴斯東少校長期租住下來。所以哈瑞自小就走遍了金士汀莊園，就連錯綜複雜的樹林也摸得一清二楚，對這棟老宅甚是迷戀。

賴斯東少校幾年前就去世了，所以大家認為哈瑞不會再回來，因為這裡已經沒有值得他留戀的東西。可是，哈瑞帶著新娘子回到了他少年時代的家。殘破的金士汀老宅被拆除殆盡，一大群建築工人和承包商蜂擁而入，沒多久（事實上是短得不可思議；真所謂有錢能使鬼推磨），一棟嶄新的白屋便拔地而起，在茂密樹叢中閃閃發光。

接下來是一大批園藝工人，之後是一長列搬運家具的卡車。

房子裝修完畢了，傭人也陸續進駐。最後，一輛豪華禮車把哈瑞和他的夫人送到了大宅門口。

村民爭先恐後地登門拜訪哈瑞夫婦。普萊絲夫人擁有村中最大的房子，她也自許為村裡的頭號人物，因此發了請柬，要開個晚會來「迎接新娘」。

這在村裡是件大事。幾位女士特地為此製作了新衣。每個人既興奮又好奇，急著想見這位絕色佳人。他們說，這整件事簡直像個童話故事！

哈蒙小姐是個滿臉風霜、直腸直肚的老小姐。她從擁擠的客廳擠出來，向又瘦又小、說話尖刻的布蘭特小姐拋出一個問題，後者的情報立刻泉湧而出。

「噢，老天，她好漂亮。舉手投足無處不優雅，人又年輕。真的，你知道，看到這樣的人真讓人嫉妒，她什麼都有。年輕貌美、教養良好，又有錢，她真的非常與眾不同！全身上下找不到一絲平庸之處，難怪親愛的哈瑞如此戀著她！」

「啊，」哈蒙小姐說，「才剛結婚嘛！」

布蘭特小姐心領神會地皺了皺鼻子。

「噢，老天，難道你是認為……」

「我們都知道哈瑞是個什麼樣的人。」哈蒙小姐說。

「我們知道他過去是個什麼樣的人，不過我想現在……」

「啊，」哈蒙小姐說，「男人永遠不會變。狗改不了吃屎，我了解男人。」

「天哪，可憐的小東西，」布蘭特小姐看起來開心多了。「沒錯，我想她不可能和他相安無事。應該有人去警告她一聲。不知道她有沒有聽說過他以前的事？」

「如果她對他的過去一無所知，」布蘭特小姐又說，「那未免太不公平了。這多尷尬啊。特別是村裡只有那家藥莊。」

菸草商的女兒現在已成為藥劑師艾吉先生的夫人。

布蘭特小姐說：「如果賴斯東夫人要和馬奇班罕的布慈打交道，那就好多了。」

「我敢說，」哈蒙小姐說，「哈瑞．賴斯東會主動這麼建議。」

兩個女人意味深長地對望一眼。

「不過，我真的認為她應該知情才對。」哈蒙小姐說。

§

「畜生！」怒氣沖天的克萊瑞絲．凡恩對她的叔叔荷大克醫生說，「那些人真是畜生！」

他好奇地看著她。

克萊瑞絲身材修長，皮膚黝黑，人長得相當漂亮。她心地善良卻很衝動。此時此刻，她那雙褐色的大眼睛閃著憤怒的光芒，口裡不停嚷著：「這些長舌婦！老是搬弄是非，含沙射影！」

「她們在說哈瑞・賴斯東的事？」

「沒錯。說他和菸草商女兒之間的那段情。」

「噢，那件事，」醫生聳聳肩。「很多年輕人都有段過去。」

「就是說嘛。更何況，那件事已經過去了，為什麼還要反反覆覆提它？為什麼這麼多年後還要舊事重提？這種行為就像食屍魔吃人的死屍一樣。」

「親愛的，我敢說你一定會這麼想。不過你也知道，在這種小鄉下，她們別無其他事可談，只好反覆咀嚼過去的醜聞。我好奇的是，這為什麼會讓你如此氣憤填膺？」

克萊瑞絲・凡恩咬咬唇，臉上現出紅暈。她低聲說道，聲音含混不清。

「他們……他們看起來好幸福。我是指賴斯東夫婦。他們年輕又彼此相愛，對他們來說，一切都是那麼的美好。每當我想到這樁美好的婚姻有可能毀於別人的讒言耳語和惡毒心態下，我就感到憤憤不平。」

「噢，原來如此。」

克萊瑞絲又說：「他剛才還對我說，他覺得好幸福，有滿心的熱望和興奮……沒錯，他非常激動，因為他娶了心愛的女人，又重建了金士汀莊園。他談起這些，就像個孩子似的。還有她……我想，她從小到大恐怕沒遇過任何挫折。她一向要什麼有什麼。你也見過她，你覺得她怎麼樣？」

醫生沒有立刻回答。在別人眼裡，露意莎·賴斯東這個集上天寵愛於一身的幸運兒或許值得豔羨，但她只讓他想起多年前聽過的一首流行歌。歌中不斷重複著一句：「可憐的富家千金……」

只是一個小女孩，嬌小玲瓏的身材，淡黃色的鬈髮僵硬地環著面頰，一對充滿渴望的藍色大眼睛。

露意莎打了個小盹。接連不斷的道賀聲令她疲累不堪。她希望不久就可以回家。說不定哈瑞現在就會提議回家。她側過身去，望了哈瑞一眼。肩寬體闊、高高壯壯的他，在如此可怕又無聊的晚會上竟然樂不思蜀。

可憐的富家千金……

§

「呼！」一聲如釋重負的嘆息。

哈瑞轉過頭去，帶著興味的表情望著自己的妻子。他們正在開車回家的路上。

露意莎說：「親愛的，這場宴會真可怕！」

哈瑞笑了。

「沒錯，是很可怕。你別把它放在心上，親愛的。你知道，這種宴會是免不了的。那些老姑婆從小看我長大，如果不把你看個仔細，她們會失望透頂。」

露意莎做了個鬼臉。她問：「以後我們會常看到她們嗎？」

「什麼？噢，不會。他們會到我們家來，送上名片，算是禮貌的拜訪，你只要回訪就行了。你可以結交自己的朋友，做你自己想做的事。」

一兩分鐘後，露意莎又問：「這裡有沒有比較有趣的人？」

「噢，有的。你知道，就是那些英國鄉紳。不過，你可能也會覺得他們稍嫌無趣。他們多半喜歡種花、養狗和養馬。當然，你以後也會騎馬，而且你會喜歡上它。我在艾格靈頓看上了一匹馬，哪天我帶你去看看。那匹馬既漂亮又溫順，一點野性也沒有，不過跑起來卻生龍活虎。」

車子趨近金士汀莊園的大鐵門，哈瑞放慢了速度。這時候，馬路中央突然冒出一個醜怪的人影，哈瑞急轉方向盤，好不容易才避開。他不禁咒罵一聲。那人就站在馬路中間，揮著拳在他們車後大叫。

露意莎抓住哈瑞的手臂。

「那人是誰？那個可怕的老太太是誰？」

哈瑞眉頭緊鎖。

「就是摩戈卓那個老太婆啊。她和她丈夫過去是這座莊園的守門人，在這裡住了將近三十年。」

「她為什麼對你揮拳頭？」

哈瑞臉紅了。

「她……呃，我們把房子拆了，她很生氣。當然，房子一拆，她的工作也沒了。她丈夫死了快兩年。聽別人說，打從她丈夫死後，她就變得很古怪。」

「她……她該不會沒東西吃吧？」

露意莎的想法並不清楚，甚至有點荒謬。財富會讓人脫離現實。

哈瑞火冒三丈。

「我的老天，露意莎，多蠢的念頭！我當然是給了她退休金才把她打發走的，數目還不少呢！我還替她找了新居，什麼都幫她打點好。」

露意莎顯然大惑不解地問：「那她為什麼還這樣？」

哈瑞皺起眉頭，兩道眉緊鎖在一起。

「噢，我怎麼知道？她瘋了！她太愛那棟老宅子了。」

「可是那宅子很破了，不是嗎？」

「當然破，簡直是支離破碎，屋頂也漏了，住起來多少不安全。話說回來，那棟老房子對她來說有特殊的意義。她在裡頭住了很久。噢，我也不知道。我想這可惡的老太婆一定是瘋了。」

露意莎語氣透著不安地說：「她……我覺得她在詛咒我們。噢，哈瑞，真希望她沒有詛咒我們。」

對露意莎來說，新家的氣氛已經被瘋老太婆的惡毒身影破壞無遺。無論她坐車外出、騎馬出遊或遛狗，那老太婆總在門口等著她。她就蹲在地上，一頭灰髮罩著一頂破帽，嘴裡不停嘟囔著詛咒。

露意莎愈來愈相信哈瑞的話……那個老太婆是個瘋子。不過事情並沒有因此好轉。事實上，摩戈卓太太不曾走近新屋或公開表示威脅，也沒有任何暴力行為。她就只是蹲在大門外，找警察來也是白費力氣，再說哈瑞．賴斯東也不喜歡和警察打交道。他說找警察來只會讓本地人同情那個老太婆。他對這件事不像露意莎那樣戰戰兢兢。

「親愛的，別擔心，總有一天她會蹲膩的，不再口出那些無聊的詛咒。說不定她只是裝模作樣。」

「她不是裝模作樣，哈瑞。她……她恨我們！我感覺得到。她在對我們下咒。」

「親愛的，雖然她看起來像巫婆，但她不是巫婆。你別再對這件事神經過敏了。」

露意莎不再開口。搬進新家的興奮早已無影無蹤，她鎮日無所事事，感到異常地寂寞。她過慣了倫敦和里維拉的都市生活，對於英國鄉居生活她既不了解也沒興趣。她對園藝一竅不通，只會最後一個步驟：「插花」。她並不真喜歡養狗，見到鄰居就心煩。相較之下，她還是最喜歡騎馬，有時和哈瑞一起馳騁，而如果他正忙於莊園事務，她就獨自騎馬出遊。她信馬由韁，任牠穿過樹林窄徑，盡情享受馬兒輕快的腳步。那匹馬是哈瑞買給她的，叫作海爾王子，是一匹敏感的栗色馬。可是就連牠帶著露意莎從那個蹲縮在地、惡毒的老婦身邊經過時，也會忍不住卻步或大噴鼻息。

一天，露意莎終於鼓足了勇氣。她獨自出門散步，經過摩戈卓太太身旁時先是假裝視而不見，接著猛地轉過身來，逕自走到老太婆面前，用顫抖的聲音問道：「你到底要什麼？你有什麼事？你想怎麼樣？」

老婦對她眨眨眼。她那張典型吉普賽人的黝黑臉龐上流露著狡獪，灰髮一綹綹垂落在前，布滿血絲的雙眼淨是狐疑。露意莎心想，她是不是喝醉了？

老婦的聲音有如哀嚎，又像是威脅。

「你問我要什麼？你還真問得出口！我要拿回別人從我手裡奪走的一切。是誰把我趕出金士汀莊園的？我從少女時代就住在那裡，嫁為人婦後也住在那裡，前後將近四十年了。你們把我趕出來真是太惡毒了，你們會遭到報應的，厄運就要降臨在你們頭上！」

露意莎說：「可是，你現在已經有了一間漂亮的小屋，還有……」她的話戛然而止。

只見老太婆揮舞著手臂大叫：「那棟小屋對我有什麼用？我要的是這些年來我生火煮飯的地方。至於你和哈瑞，我不妨告訴你，你們在這棟新房子裡是不可能幸福的。降臨到你們頭上的只有無盡的悲哀！悲哀、死亡，還有我的詛咒。但願你那漂亮的臉蛋生蛆腐爛！」

露意莎轉過身去，跌跌撞撞地跑開。她腦海裡只有一個念頭：我一定要離她遠遠的！我們必須把房子賣掉！我們必須離開這個地方！

對她來說，這是最簡單的解決辦法。可是哈瑞對她的想法完全不能體會，這令她大出意料。哈瑞對她咆哮道：「離開這裡？把房子賣掉？就因為一個瘋老太婆威脅你？你一定是瘋了。」

「不，我沒瘋。可是，她……她讓我害怕。我知道遲早會出事情。」

哈瑞．賴斯東陰陰地說：「你把摩戈卓太太交給我。我來對付她！」

克萊瑞絲．凡恩和賴斯東夫人之間的友情逐漸滋長。這兩個女人年齡相仿，雖然個性和愛好並不相同，不過露意莎在克萊瑞絲的陪伴下確實寬心不少。克萊瑞絲是那種獨立自主、充滿自信的人。露意莎把摩戈卓太太威脅她的事一一告訴克萊瑞絲，克萊瑞絲雖覺得這事惱人，但並不認為需要害怕。

「下詛咒這種事真是蠢透了，」她說，「一定讓你很心煩。」

「你知道，克萊瑞絲，有時候我……我好害怕，一顆心怦怦跳個不停。」

「別胡思亂想。你絕不能被這種無聊的事情打倒。不久她就會厭煩的。」

露意莎沉默了一兩分鐘沒說話。克萊瑞絲問：「怎麼了？」

露意莎又沉默片刻，接著像決堤的水一股腦兒傾瀉而出。

「我恨這個地方！我討厭住在這裡。這些樹林，這棟房子，夜晚的一片死寂，還有貓頭鷹發出的怪叫。噢，還有這裡的人。我討厭這裡的一切！」

「這裡的人？什麼人？」

「村裡的人。那些四處窺探、整天說閒話的老女人。」

克萊瑞絲立刻問：「她們說了什麼？」

「我不知道，其實沒什麼特別的，可是她們滿腦子齷齪的念頭。你如果和她們談過話，你會發現，你以後不會再相信人……任何人都不信。」

克萊瑞絲厲聲說：「別管她們。她們什麼也不做，就只會嚼舌根，而且她們講的話十之八九都是自己編造出來的。」

露意莎說：「我真希望我們沒有搬來這裡。可是哈瑞又好愛這個地方。」她的語氣柔和下來。

克萊瑞絲心想，她是多麼愛他啊。她突然起身告別。

「我得走了。」

「我開車送你回去。你要常來看我。」

克萊瑞絲點點頭。新朋友的來訪讓露意莎得到寬慰，而當哈瑞看到她變得比以前開心也十分高興，此後就常要她請克萊瑞絲到家裡來。

有一天，他對她說：「親愛的，我有個好消息要告訴你。」

「噢，什麼好消息？」

「摩戈卓的事情我已經解決了。你知道，她有個兒子在美國，我已經做好安排，要她去那邊和兒子團聚，我替她出路費。」

「噢，哈瑞，這太好了。我想，或許有朝一日我會慢慢喜歡上金士汀。」

「慢慢喜歡上？那當然，它是全世界最好的地方！」

露意莎輕輕打了個寒顫。對她來說，要擺脫迷信的恐懼可沒那麼容易。

§

如果聖瑪莉米德村的長舌婦們把露意莎丈夫的過去告訴她，原本是打算看好戲，那麼她們可要大失所望了。哈瑞．賴斯東早已迅速採取行動，澆熄了她們的希望。

這天哈蒙小姐和克萊瑞絲．凡恩都在艾吉先生的店裡，一個買樟腦丸，一個買硼砂，這時候哈瑞．賴斯東帶著妻子走進店門。

和兩位小姐打過招呼後，哈瑞轉向櫃檯，正打算買一支牙刷，話才說了一半就忘情地叫了出來。

「嘿，我說這是誰呢！原來是貝拉！」

剛從後廳趕來幫忙賣貨的艾吉太太銜著哈瑞開心地綻出笑容，露出白亮的牙齒。她曾經是個皮膚黝黑的漂亮女孩，如今依然稱得上漂亮，雖然體型比過去豐滿，臉上也多了幾條風霜的痕跡。她回覆哈瑞的問候，那對褐色大眼眸裡充滿了熱情。

「沒錯，我是貝拉，哈瑞先生。多年不見，再見到你真高興。」

哈瑞轉頭對妻子說：「露意莎，貝拉是我的舊情人，我那時候可是被她迷得神魂顛倒，你說是不是，貝拉？」

「那是你說的。」艾吉太太說。

露意莎笑了。她說：「能和老朋友再度相逢，我丈夫總是非常開心。」

「噢，」艾吉太太說，「我們一直沒忘記你，哈瑞先生。想到你成了家，又在破敗的金士汀莊園上重建了新宅，簡直就像童話故事一樣。」

「你看來還是漂亮得像朵花。」哈瑞說。

艾吉太太笑了，她告訴他，她這一向過得很好，又問他要買那支牙刷嗎？

克萊瑞絲看著一臉迷惑的哈蒙小姐，不禁開心地自言自語道：「噢，做得好，哈瑞，你堵住了她們的嘴。」

§

荷大克醫生突然對他的侄女說：「說摩戈卓那老太婆在金士汀莊園外四處遊蕩，又揮拳詛咒這對新人……那些胡扯淡現在怎麼樣了？」

「這可不是胡扯淡，是千真萬確的事。露意莎因此感到非常不安。」

「告訴她不必擔心。摩戈卓夫婦當初看守房子的時候，對那房子的埋怨就沒斷過。他們之所以留下來，完全是因為摩戈卓是個酒鬼，找不到其他工作。」

「我會告訴她，」克萊瑞絲說，神情依然憂心。「不過，我想她不會相信你的話。那個老太婆很愛大喊大叫，好像真是滿腔怒火。」

「她以前很喜歡小哈瑞。我真不懂。」

克萊瑞絲說：「噢，反正再過不久他們就能擺脫她了。哈瑞替她出路費，打算把她送去美國。」

三天後，露意莎從馬背上跌下來摔死了。

坐在麵包貨車裡的兩個男人是這起事件的目擊者。他們看見露意莎騎著馬奔出大鐵門，那個老太婆突然跳起來站在路中央，揮舞著雙手大喊大叫，馬一受驚猛然轉彎，沿著小路瘋也似地奔竄而去，結果把露意莎從頭頂直拋了出去。

他們兩個一人呆立在昏迷不醒的露意莎旁邊，相當手足無措，另一個則衝進大宅內尋找救兵。

哈瑞・賴斯東飛奔出來，臉色可怕極了。他們拆下貨車的門，把她抬進屋內。露意莎在醫生趕到前就嚥了氣，而且始終沒有恢復過神智。

（荷大克醫生的手稿到此結束。）

第二天荷大克醫生上門來，看到瑪波小姐的面頰出現紅潤，顯然精神好了許多，這讓他非常開心。

「我說，瑪波小姐，有答案了嗎？」他問。

「問題是什麼，荷大克醫生？」瑪波小姐反問。

「噢，親愛的瑪波小姐，難道你還需要我告訴你？」

「我想，」瑪波小姐說，「你是要我解釋守門人的怪異舉動吧。她為什麼要這麼做？被人從老家趕出來當然會耿耿於懷，問題是，那並不是她的家。事實上，她住在莊園裡的時候還滿口怨言。沒錯，這事看來確實可疑。對了，她後來怎麼樣了？」

「跑到利物浦去了。露意莎的死把她給嚇壞了。我想她是在那兒等船去美國。」

「這一切對某個人來說真是太方便了，」瑪波小姐說，「沒錯，我認為這個『守門婦之謎』的問題非常簡單。有人賄賂了她，對吧？」

「這就是你的答案？」

「你想想，如果她的行為不合常理，那麼她一定是所謂的『裝模作樣』，這就表示有人付錢要她這麼做。」

「你知道那人是誰？」

「噢，我想我知道。恐怕又是因錢而起。我老早就發現，男人對某種類型的女人總是趨之若鶩。」

「你這話令我一頭霧水。」

「不，其實這一切都環環相扣、條理分明。哈瑞・賴斯東喜歡貝拉・艾吉那種皮膚黝黑、開朗活潑的女人。你的侄女也屬於這一類。而那可憐的小新娘卻是截然不同，她是那種依賴心重的金髮美女，根本不合他的口味。所以，他娶她一定是看上她的錢，他謀殺她也一定是為了錢！」

「你用『謀殺』這兩個字？」

「噢，聽起來他是這種人，對女人充滿吸引力，為達目的不擇手段。我想他是打算先把妻子的錢拿到手，再把你的侄女娶進門。大家雖然看到他和艾吉太太交談，不過我認為，他不可能到現在還迷戀著她。話說回來，我敢說他為了達到目的，一定會讓那個可憐的女人以為他還愛著她。我想過不了多久，她就會被他牽著鼻子走。」

「你認為他是如何下手謀殺她的呢？」

瑪波小姐夢幻般的藍眼眸直直望著前方好半晌。

「他下手的時機選得非常好，正好有送麵包的貨車司機當目擊證人。那兩人看見那個老太婆的瘋狂模樣，當然會認為馬之所以受驚是因她而起。不過我自己比較相信，那是一把氣槍或一把彈弓的效果。沒錯，就在馬兒奔出鐵門的時候，馬脫韁而逃，賴斯東夫人當然會被摔下馬背。」

她停下話頭，皺起眉頭。

「她被摔下馬背，是可能會因此喪命，不過他不敢確定。他應該是那種步步為營、絕不靠運氣做事的人。別忘了，艾吉太太很可能背著她丈夫拿給哈瑞一些好用的工具。要不然哈瑞何必費事跑去和她套交情？沒錯，我想他手上一定握有強力毒藥，可以在你趕到之前為她注入體內。再怎麼說，一個女人從馬上摔下受了重傷，結果在昏迷中死去，這是頗合常理的事，醫生通常不會起疑，對吧？醫生會將死因歸為休克之類。」

荷大克醫生點點頭。

「不過，你為什麼會起疑呢？」瑪波小姐問他。

「這不是因為我特別聰明，」荷大克醫生說，「這完全要歸功於一個人盡皆知、屢試不爽的事實：殺人凶手往往會因為自己的精心設計而沾沾自喜，所以忘了採取適當的防範措施。我當時正在安慰這位痛失愛妻的丈夫，心底也確實為這傢伙感到難過，可是他非要故作悲傷地撲向小沙發，結果一支針筒就從他的口袋裡掉了出來。

「他馬上把它撿起來，神情顯得非常害怕。我不免開始思索，哈瑞・賴斯東不吸毒，身體也非常健康，他要針筒做什麼？我心中疑惑既起，就去驗屍，結果在死者體內發現了劇毒的羊角拗甙。其他的就好辦了。賴斯東家裡有羊角拗甙，貝拉・艾吉也在警方的盤問下，承認是她拿給他的。最後摩戈卓太太也供認不諱，說她是在哈瑞・賴斯東的唆使下演出那齣詛咒戲碼的。」

「你的侄女能夠接受這個事實嗎？」

「是的，雖然她被那傢伙給迷住了，不過還沒有陷得太深。」

醫生拿起自己的手稿。

「瑪波小姐，你得了滿分……當然，我也要為我的藥方打滿分。看來你已經完全康復了。」

05

模範女傭

Miss Marple's Final Cases

「呃，夫人，如果您允許，我能和您談一下嗎？」

這個請求有點荒謬，因為瑪波小姐的小女傭艾娜，事實上正在和她的女主人談話。瑪波小姐知道這是她的口頭禪，隨即答道：「當然可以，艾娜。你進來，把門關上。什麼事呢？」

艾娜乖乖進了房間關上門，兩手不斷擺弄著圍裙的衣角。好幾回她欲言又止。

「什麼事呢，艾娜？」瑪波小姐說，口氣帶著鼓勵。

「噢，夫人，是我的表妹葛拉蒂。」

「我的天啊，」瑪波小姐立刻想到最糟的情況……遺憾的是，那正是最可能的結論。「她……她沒惹麻煩吧？」

艾娜趕緊讓她放心。

「噢，不是的，夫人，完全不是那樣。葛拉蒂不是那種女孩。她只是心情很不好。您知道，她丟了工作。」

「天哪，我真為她難過。她本來是在古歐園那裡做事，伺候那位……那兩位史吉納小姐，對吧？」

「是的，夫人，您說的一點也沒錯。她心裡很難過，非常、非常難過。」

「不過，葛拉蒂以前不也常換工作嗎？」
「噢，沒錯，夫人。她是那種喜歡變化的人，好像永遠都不可能安定下來，如果您懂我意思。可是，您知道，以前每一回都是她主動辭職！」
「而這一回，換成別人辭退了她？」瑪波小姐問，話中帶著揶揄。
「沒錯，夫人，而且葛拉蒂為此難過極了。」
瑪波小姐有點吃驚。在她的印象中，葛拉蒂是個身材粗壯、笑容可掬的女孩，性情好得永遠水波不興。有時候她會在假日到瑪波小姐家的廚房喝個下午茶。
艾娜繼續說下去。
「您知道，夫人，是因為發生了一件事……還有史吉納小姐的態度。」
「史吉納小姐……」瑪波小姐耐著性子問，「是什麼樣的態度？」
這次艾娜把話說得流暢極了。
「噢，夫人，這件事對葛拉蒂來說真是一個重大打擊。您知道，歐麗小姐掉了一枚胸針，於是大呼小叫地大肆搜找。當然，沒有人願意這種事發生，這讓人很不舒服，如果您懂我意思，夫人。葛拉蒂也幫忙找，什麼地方都找遍了。拉薇妮小姐本來說要去報警，結果胸針找到了，塞在梳妝台一個抽屜的最裡頭。葛拉蒂高興極了。

「第二天，葛拉蒂打破了一個盤子。這種事以前也發生過，可是拉薇妮小姐立刻跳起來，要葛拉蒂一個月後離職。葛拉蒂覺得不可能是因為那個盤子，拉薇妮小姐只是在借題發揮。她們一定是認為葛拉蒂偷了胸針，後來聽說要找警察來，就把它放了回去。但葛拉蒂不會做這種事，絕對不會。她覺得這件事一定會被傳開，對她非常不利。夫人，您知道，這對一個女孩子來說是很嚴重的指控。」

瑪波小姐點點頭。雖然她對這個活潑又自我的葛拉蒂不見得特別喜歡，不過她絕對相信這女孩誠實的本性。她可以想像，這件事讓她有多麼難過。

艾娜滿懷希望地說：「夫人，我是想，您對這件事是不是可以想點辦法？葛拉蒂現在心煩意亂透了。」

「告訴她別做傻事，」瑪波小姐回答得很乾脆。「如果她沒拿胸針……這一點我敢肯定，那她就沒必要難過。」

「我會告訴她。」艾娜說，語氣難掩失望。

瑪波小姐又說：「我……呃，今天下午我要出門一趟。我去找那兩位史吉納小姐談談。」

「噢，謝謝您，夫人！」艾娜說。

古歐園是一棟維多利亞風格的大宅，四周淨是樹林和公園綠地。這棟宅邸既不適合出租，也不容易出售，因此一個頗有創業精神的投機客將它分成四間公寓，共用一個中央熱水系統，房宅四周空地也由住戶共同享用。這個做法十分成功。一個性情孤僻的有錢老太太和她的女傭住在其中一間，老太太愛鳥如命，整天以餵鳥為樂。一個退休的印度法官和妻子租下第二間，一對新婚夫婦住在第三間，而第四間於兩個月前才被兩個姓史吉納的老小姐租下。這四家房客彼此相敬如冰，因為他們毫無共通之處。聽說房東認為這樣最好。他最怕房客之間產生友誼而後又發生衝突糾紛，最後跑去向他抱怨。

這幾戶人家瑪波小姐都認識，不過沒有一家熟悉。史吉納姐妹的那位姐姐，也就是拉薇妮小姐，是一家之主，妹妹歐麗小姐則幾乎終日躺在床上飽受各種病痛的煎熬，雖然聖瑪莉米德村的村民認為，這些病痛多半是出於她自己的想像。只有拉薇妮對自己的妹妹深信不疑，相信她飽受痛苦和折磨。她心甘情願地跑進跑出，到村子裡買各式各樣「我妹妹突然想到」的東西。

聖瑪莉米德村的人認為，如果歐麗小姐真的就像她自己所稱的一半痛苦，她早該請荷大克醫生來了。可是每當有人對她這樣暗示，她就不屑地閉上眼睛，喃喃說她的病可沒那麼簡單，就連倫敦最好的專家也束手無策。最近她新找了個一流的醫生，對她施以最先進的醫療，她真希望自己的身體能因此好轉。一般的普通科醫生不可能懂得她的病。

「依我看，」心直口快的哈娜小姐說，「她不請荷大克醫生來倒是聰明；他會柔聲告訴她：『你根本沒病。你應該下床走動走動，別再小題大做！』這對她才是有益的！」

歐麗小姐當然不會接受這種武斷的藥方。她依然躺在沙發上，身邊堆滿了各種奇形怪狀的小藥盒。她幾乎從來不吃別人為她煮來的食物，非要吃點別的……通常都是稀有又很難買到的東西。

§

葛拉蒂為瑪波小姐開了門。瑪波小姐從沒想到，葛拉蒂也可能這麼憂鬱。正在小客廳（原客廳的一角；原先的大客廳現在被分隔成飯廳、小客廳、浴室和女傭小房）裡的拉薇妮小姐站起身來，趨前招呼瑪波小姐。

拉薇妮．史吉納今年五十歲，個頭高䠷，瘦骨嶙峋，形容憔悴。她的嗓音粗啞，舉止也粗手粗腳。

「很高興見到你，」她說，「歐麗躺著呢……她今天心情不好，可憐的妹妹。我真希望她能見見你，這會讓她開心點，但有時候她不想見任何人。可憐的妹妹，她是如此堅強。」

瑪波小姐中規中矩地回了話。在聖瑪莉米德村，傭人是大家茶餘飯後的一大話題，所以要把話題往這個方向帶一點也不難。瑪波小姐說，她聽說那個乖女孩葛拉蒂．霍姆斯就要離開她們家了。拉薇妮小姐點點頭。

「你知道，上星期三她打破了東西。這我不能忍受。」

瑪波小姐嘆了口氣說，這年頭每個人都得忍受一些事情。要找個願意到鄉下來工作的女孩挺不容易，史吉納小姐難道真的認為辭掉葛拉蒂是聰明之舉？

「我也知道找傭人不容易，」拉薇妮小姐承認。「德富羅家就找不到半個……話說回來，難怪他們找不到人；一天到晚吵架，通宵達旦聽爵士樂，隨時隨地要吃飯……那個女孩子對家務一竅不通，我真同情她丈夫！拉金家的傭人也剛走掉。當然，一方面是因為法官的印度脾氣，早上六點就要吃茶點，另一方面是因為拉金太太老是小題大做，所以我也不覺得奇怪。卡邁凱夫人家的珍妮倒是穩得很……雖然在我看來，她是那種最難相處的女人，而且一定會欺負卡邁凱老太太。」

「那麼，你要不要重新考慮辭退葛拉蒂的決定？她真的是個很好的女孩。她一家人我都認識，非常誠實，品德也好。」

拉薇妮小姐搖搖頭。

「我有我的道理。」她慎重其事地說。

瑪波小姐低聲說道：「我知道，你丟了一枚胸針。」

「這是誰說的？我想是葛拉蒂。坦白說，我幾乎可以打包票，胸針就是她拿的，後來因為害怕才又放了回去……當然，如果我沒把握，我是不會這麼說的。」她換了個話題。「瑪波小姐，你來看看歐麗吧。我相信這對她有好處。」

瑪波小姐溫順地隨著拉薇妮走到一扇門前。拉薇妮敲敲門，聽到一聲「請進」，就把瑪波小姐引進了這間房子最好的房間內。外頭的光線被半掩的百葉窗遮住大半，歐麗小姐躺在床上，正在享受這半明半暗的氛圍和她自己永無止境的病痛。

朦朧的光線下，出現一個鬱鬱寡歡的瘦弱身影，一頭焦黃色的頭髮零亂不堪，末端都打了結。整個房間看起來就像個鳥窩，只是任何一隻有自尊的鳥都不會以它為榮。房裡混雜著各種氣味，有古龍香水、不新鮮的餅乾，還有樟腦丸。

歐麗・史吉納半閉著眼，用微弱的聲音解釋道，這是她「狀況甚差的一天」。

「身體有病痛最悲哀的是，」歐麗以傷淒的口氣說，「你知道你會成為旁人的負擔。

「拉薇妮對我很好……親愛的拉薇妮，我真的不願意找麻煩，可是這個熱水瓶實在不合我的需求……裝得太滿我提不動，但如果裝得不夠滿，水又會立刻變涼！」

「真對不起，親愛的。把它交給我，我會把水倒一點出來。」

「既然你打算這麼做，乾脆把它重新裝滿不是更好？我猜屋裡沒有脆餅乾了吧？不用，不用，沒關係，沒餅乾我也過得去。來點清茶再來一片檸檬……沒有檸檬？真是的，沒有檸檬我真的喝不下去。我覺得今天早上的牛奶有點變味了，害我不敢往茶裡頭加。沒關係，沒茶喝我也過得去。只是，我真的覺得很虛弱。他們說牡蠣很有營養，我能不能嘗幾個？不，不，這麼晚了還要去買太麻煩了。我不吃東西捱到明天沒有問題。」

拉薇妮一面離開房間，嘴裡一面喃喃說要騎自行車到村裡去。

歐麗虛弱地對客人笑笑，說她真的不願意給別人添麻煩。

那天晚上瑪波小姐告訴艾娜，她這一趟恐怕是白去了。

她發現，說葛拉蒂不老實的謠言已經在村裡傳開了，她為此相當憂心。

在郵局裡，衛瑟碧小姐就這麼說她。

「親愛的珍，她們為她寫了一封推薦信，說她工作認真，負責可敬，但是否誠實則隻字未提。在我看來，這才是最重要的！我聽說史吉納家丟了胸針，我想這裡頭一定大有文章。你知道，這年頭除非出了嚴重大事，一般人是不會解雇傭人的，因為找人實在太難了。女孩子絕對不會願意去古歐園做事，她們擔心休息日不能回家。你看著好了，史吉納姐妹找不到人的。話說回來，說不定那個有可怕臆想症的妹妹，以後就得從床上起來做點家務了！」

但讓村民大失所望的是，史吉納姐妹透過一家仲介公司又找到一個女傭，而且從各方面來看，這女傭可說是十全十美。

「一封『有三年工作資歷』的介紹信對她極盡讚美，說她喜歡鄉村生活，而且她要求的工資比葛拉蒂還低。我覺得我們真是幸運。」

拉薇妮小姐在魚攤上向瑪波小姐透露了這些細節。瑪波小姐說：「噢，確實。不過這似乎好得令人難以置信。」

村人都認為，這位模範女傭一定會在最後一刻打退堂鼓。她不會來報到的。

所有這些預言都沒有變成事實。相反的，大家都看到了這個名為瑪麗．希金斯的理家高手，坐著瑞德車行的計程車穿過村子來到了古歐園。大家不得不承認，這人外表甚是體面，一副令人肅然起敬的長相，衣著也乾淨整齊。

為了替教堂園遊會找攤位資助人，瑪波小姐再度造訪古歐園。這回是瑪麗．希金斯開的門。約莫四十歲的瑪麗外表體面，一頭黑髮梳得整齊，玫瑰般的紅頰，豐滿的身材裹著一身黑衣，腰上繫著白圍裙，頭戴白帽。「正是那種訓練良好的傳統家僕。」瑪波小姐事後如是說。她那畢恭畢敬、應對得體的輕聲細語，也和葛拉蒂的大嗓門和濃重口音形成強烈對比。

拉薇妮小姐看來比過去從容多了，雖然她因為要照顧妹妹而不能在園遊會上設攤，不過她還是捐了一筆可觀的數目，還答應提供一批鋼筆擦和嬰兒襪。

瑪波小姐說她似乎非常知足。

「我真的認為我欠瑪麗好多。我也很慶幸當初決定把葛拉蒂辭掉。瑪麗真是個無價之寶，烹飪手藝高超，伺候人無微不至，把我們的小屋子打掃得一塵不染……床墊每天都要翻一遍。而且她對歐麗真是好！」

瑪波小姐趕緊詢問歐麗的近況。

「噢，可憐的妹妹，最近她一直在生病。當然，她是身不由己，不過有時候她還真是難纏。明明說她想吃某樣東西，可是等你做好，她又說不想吃，而半小時後她又想吃了，這時食物已經壞了，只好重做。當然，她這樣子讓我們浪費好多時間，而幸運的是，瑪麗好像根本就沒放在心上。她說她很習慣伺候病人，也很了解他們的心理。真令人安慰。」

「天哪，」瑪波小姐說，「你們可真幸運。」

「確實。我真的認為瑪麗來這裡，是上帝在回報我們的祈禱。」

「在我聽來，」瑪波小姐說，「她條件似乎好得令人難以置信。如果我是你，我會……呃，我會小心一點。」

拉薇妮顯然沒聽出這話的弦外之音。她說：「噢，我向你保證，我會盡最大努力讓她開心。要是她離開我們，我真不知如何是好。」

「我相信她在準備好之前是不會離開的。」瑪波小姐一面說，一面緊盯著拉薇妮。

拉薇妮說：「對一個女人來說，不需要操煩家務事簡直是卸下心頭重擔，你說是吧？你家那個小艾娜表現如何？」

「她做得不錯。當然，她不像你家的瑪麗會為將來做打算。不過我對她可是瞭如指掌。畢竟她是個鄉下女孩。」

她一出房門來到走道，就聽見那個病人扯著嗓門叫道：「你怎麼讓這個敷布變乾了？亞勒頓醫生特別叮嚀要保持潮溼的。好啦，別動它了。我要一杯茶，還要一個水煮蛋……記住，只能煮三分半鐘！把拉薇妮小姐給我找來。」

能幹的瑪麗從臥室裡出來，對拉薇妮說：「歐麗小姐請您過去，夫人。」接著為瑪波小姐開門，幫她穿好大衣、將雨傘遞上，一舉一動都無可挑剔。

瑪波小姐接過雨傘，不小心將它掉落在地，她正待彎身撿起，卻又把手提袋掉在地上，東西散開一地。瑪麗禮貌地幫著撿拾零零碎碎的小東西……一條手帕、一個記事本、一個老式的皮製錢包、兩先令、三便士，還有一塊剝了糖紙的薄荷硬糖。

瑪波小姐接過薄荷硬糖，現出不解的神情。

「噢，老天，一定是克萊蒙太太的小兒子。我記起來了，他正含著那塊糖，又拿了我的皮包去玩，一定是他把糖放進皮包裡去了。黏得要命，你說是不是？」

「夫人，要不要我把它丟掉？」

「噢，那太好了，真謝謝你。」

瑪麗彎腰拾起最後一樣東西，一面小鏡子。瑪波小姐接過鏡子一看，忍不住叫道：「運氣真好，鏡子居然沒破。」

她這才轉身離開。瑪麗禮貌地站在門邊，手裡握著那塊糖，臉上什麼表情也沒有。

整整有十天之久，聖瑪莉米德的村民忍受著史吉納姐妹對瑪麗的各種讚美。

第十一天早上，一個大新聞震驚了整個村子。

瑪麗這位模範女傭居然失去了蹤影！她前一天夜晚根本就沒上床睡覺，前門也是虛掩著。她是趁著夜色無聲無息溜走的。

失去蹤影的不只是瑪麗。拉薇妮小姐的兩枚胸針、五枚戒指；歐麗小姐的三枚戒指、一副耳環、一只手鐲和四枚胸針也一起失蹤了。

這只是一連串災難的序幕。

年輕的德富羅夫人放在沒上鎖抽屜裡的鑽石和幾件別人送她當結婚禮物的珍貴皮草不翼而飛；法官夫婦也丟了珠寶和一筆錢。卡邁凱夫人的損失最為慘重，她不但丟了幾件異常珍貴的珠寶，連放在屋子裡的一大筆現金也不見了。珍妮那天晚上正好休假，卡邁凱夫人一如往例，在黃昏時分去花園散步，一面呼喚鳥兒一面撒麵包屑。顯而易見，模範女傭瑪麗擁有每一間屋子的鑰匙。

無可否認，聖瑪莉米德村裡有些人反而感到幸災樂禍。誰叫拉薇妮小姐把她的瑪麗吹捧上了天？

「我的天，原來她自始至終就是個賊！」

接下來的發現更有意思。瑪麗不但消失得無影無蹤，連介紹她來並為她擔保的那家仲介公司，也驚慌地發現自己受騙了。向他們申請並遞交推薦信的這位瑪麗．希金斯其實並不存在。真正的瑪麗．希金斯是個誠實的女僕，和一個副主教的妹妹安安靜靜住在康沃爾。

「這整個計謀太聰明了，」史萊克警官不得不承認。「如果你問我，我會說那女人一定有同黨。一年前諾森伯蘭也發生過一起極其類似的竊案。贓物一直沒找到，她也一直沒被逮到。不過，我們馬奇班罕村會做得比他們好！」

史萊克警官總是那麼有自信。

可是幾個星期過去，瑪麗・希金斯依然逍遙法外。這多少有辱史萊克警官的名聲，但即使他加倍努力，也徒勞無功。

拉薇妮小姐一直淚眼汪汪。歐麗小姐也情緒低落，她對自己的病況極為擔憂，果真把荷大克醫生請了來。

歐麗小姐自稱重疾纏身，整個村子都急著想知道醫生的看法，卻又不便問他。不過村民還是得到了滿意的情報，那是藥劑師的助手米克先生和普萊絲・雷里夫人的女傭克拉拉一起散步時說出來的。荷大克醫生開了一種混合了阿魏和拔地麻根的藥方，據米克先生說，那是軍隊裡專治裝病的士兵所用的湯藥！

沒多久，大家就聽說歐麗小姐並不欣賞這種療法，她還說為了自己的健康，她應該住得離明瞭她病情的倫敦專家近些，這樣才算對拉薇妮公平。

屋子就這樣空了下來，等著出租。

§

幾天後，瑪波小姐紅光滿面、興奮莫名地來到馬奇班罕警察局，要求見史萊克警官。

史萊克警官並不喜歡瑪波小姐，不過他知道局長梅崎上校很欣賞她，所以不情不願地接見了她。

「午安，瑪波小姐，有什麼事可以效勞嗎？」

「噢，老天，」瑪波小姐說，「恐怕你正忙著吧？」

「工作很多，」史萊克警官說，「不過我可以挪出幾分鐘來。」

「噢，老天，」瑪波小姐說，「我希望我能清楚表達出我的意思。你知道，要把自己的想法解釋清楚很不容易，你說是吧？噢，或許你不覺得，不過，你知道，我沒受過現代教育，只跟過一個家庭教師，她只教我英國國王的生卒年代和一些普通知識，例如布魯爾醫生是什麼人、小麥患的三種病……枯萎病害、霉病，咦，第三種是什麼？是不是黑穗病？」

「你是打算來談黑穗病的嗎？」史萊克警官脫口問道，隨即紅了臉。

「噢，不是不是，」瑪波小姐趕緊澄清，否認自己想談黑穗病。「我只是舉例，你知道。還有針是怎麼製造的，諸如此類。你知道，天南地北，就是沒有重點。我希望我能抓住重點。你知道，我這趟來，是為了史吉納小姐家的女傭葛拉蒂。」

「瑪麗．希金斯。」史萊克警官說。

「噢，對，她是第二個女傭。不過我說的是葛拉蒂．霍姆斯，一個做事衝動、過於樂觀的女孩，但她絕對誠實。這一點非常重要，大家都應該知道。」

「據我所知，到目前為止，還沒有人對她提出不利的控訴。」警官說。

「對，我知道沒有人提出控訴，可是這樣反而更糟。因為，你知道，大家會繼續胡猜下去。噢，老天，我就知道我會說得亂七八糟。其實我的重點是，找到瑪麗．希金斯才是最重要的。」

「那當然，」史萊克警官說，「你對這個案子有什麼看法嗎？」

「呃，坦白說，我確實有，」瑪波小姐說，「我能問你一個問題嗎？指紋對你們來說該不會沒有用吧？」

「啊，」史萊克警官說，「這就是她的狡猾之處。她做案的時候手上不是戴著橡皮手套就是傭人手套，而且非常謹慎，事後把臥室和水槽上留下的指紋擦得乾乾淨淨。你在現場根本找不到任何指紋！」

「如果你真的找到了指紋，對案情有幫助嗎？」

「很可能會有幫助。蘇格蘭警場可能有她的指紋檔案。我敢說，這絕對不是她第一次犯案！」

瑪波小姐高興地點點頭，從手提袋裡拿出一個小紙盒。紙盒裡鋪著一層棉花，上面躺著一面小鏡子。

「這是從我手提袋裡掉出來的，」瑪波小姐說，「瑪麗的指紋就在上面。我想這枚指紋會讓你很滿意……她在碰到小鏡子前，手先沾到了一種很黏的東西。」

史萊克警官睜大眼睛。

「你特意去採她的指紋？」

「那當然。」

「那時候你就懷疑她了？」

「噢，你知道，她給我的感覺是，完美得難以置信。我其實也對拉薇妮小姐說過，但她就是不接受我的暗示！你知道，警官先生，我根本就不相信世界上有所謂的模範人物。大部分的人都有缺點，而且做家務時最容易顯露出來！」

「噢，」史萊克警官從驚嚇中恢復過來。「真的非常感激你。我們會把這些東西送到蘇格蘭警場，看看他們怎麼說。」

他停下話頭。瑪波小姐微側著頭，意味深長地看著他。

「警官，我想你不會考慮就近在本村進行調查吧！」

「瑪波小姐，你這話是什麼意思？」

「這很難解釋，不過當你遇到不合常理的事情，你自然會注意到。話說回來，不合常理的事情往往顯現在細枝末節上。這一點我深有感觸。我是指葛拉蒂和那枚胸針。她是個誠實的女孩，她並沒有偷胸針，不過為什麼史吉納小姐非認為是她拿了不可？史吉納小姐不是傻瓜，絕對不是！可是她為什麼如此急於解雇葛拉蒂這樣的好女孩，尤其在傭人這麼難找的時候？你知道，這很不合常理。我很納悶，非常納悶。後來我又注意到另一樁不合常理的事情。歐麗小姐是個臆想症患者，但她是第一個犯病時不立刻找醫生的臆想症患者。臆想症的病人最愛找醫生，歐麗小姐卻不是！」

「你在暗示什麼，瑪波小姐？」

「呃，我的意思是，你知道，拉薇妮小姐和歐麗小姐都是很奇怪的人。歐麗小姐幾乎整天待在一間昏黑的房間裡。如果她的頭髮不是假髮，我就把我腦後的假髮吃下去！我要說的是，這個瘦弱、蒼白、滿頭灰髮、抱怨個沒完的女人，和那個頭髮烏黑、面色紅潤、體態豐滿的女人，非常可能是同一個人。到現在為止，我還沒發現有誰看過歐麗小姐和瑪麗．希金斯一起出現。

「她們有充裕的時間拿到其他幾戶人家的鑰匙模子，有充裕的時間探知他們的作息，接下來，她們就辭掉了葛拉蒂。一天夜裡，歐麗小姐邁著輕快的腳步穿過村野，第二天就以瑪麗．希金斯的身分出現在車站。瑪麗．希金斯在適當時機消失了蹤影，村人對她的怒罵和指控也隨之消了音。警官，我可以告訴你去哪裡找她……歐麗．史吉納小姐的沙發上！如果你不相信，你可以採下她的指紋驗證，你會發現我說的沒錯！這是一對聰明的賊……史吉納姐妹，而且她們無疑還和某個集團掛鉤，為她們做煙幕、窩藏贓物等勾當，你怎麼稱呼都行。可是這一回她們跑不掉了！我可不容許村裡某個女孩的聲譽就這麼被毀掉！每個人都會知道葛拉蒂．霍姆斯本性誠實，天日可鑑！午安！」

史萊克警官還沒回過神來，瑪波小姐已經大步走了出去。

「唉，」他喃喃說道，「不知道她說的對不對？」

不久他就發現，瑪波小姐這回又說對了。

梅崎上校對史萊克迅速破案表示祝賀，瑪波小姐則把葛拉蒂叫來和艾娜一起喝茶，並且嚴正地告訴她，如果找到一個好工作，她就該收心安定下來了！

06

瑪波小姐講故事

Miss Marple's Final Cases

親愛的雷蒙和瓊恩，我想我從未告訴過你們一樁幾年前發生的小小離奇案件。我不希望別人覺得我自負……當然，和你們年輕人比起來，我知道我根本不算聰明。雷蒙寫得出那種男女主角都很不討喜的所謂現代小說，瓊恩的畫也令人印象深刻……裡頭的人長得方方正正，身上則是東凸一塊西凸一塊……親愛的，你們可真聰明。只是，誠如雷蒙常說的（雖然他的口氣十分溫柔，因為他是全天下最好的外甥），我是食古不化的維多利亞時代老嫗。我喜歡阿瑪─塔德瑪[3]和雷頓[4]，我想，在你們眼裡，這些人恐怕是不可救藥的老古董。噢，讓我想想，我剛說到哪兒了？噢，對，我說我不希望別人覺得我自負，可是我又忍不住有那麼一丁點的志得意滿，因為我只憑著一點小常識，就解決了一個比我聰明的人都困惑不已的問題。不過，說實在的，打一開始我就覺得答案一目了然……

好了，我就要開始說我的小故事了。如果你們覺得我有點自誇，千萬別忘了，我至少幫助了一個可憐人，將他從無盡的痛苦中解救出來。

我頭一回聽到這件事，是在某天晚上九點的時候。珂恩──你們還記得珂恩嗎？我那個紅髮小女傭──走進來告訴我，派德瑞先生帶著另一位先生來見我，她已經請他們進客廳裡坐。她這個決定做得沒錯；當時我人在飯廳，而我覺得早春時節生兩處火未免過於浪費。

我要珂恩去拿櫻桃白蘭地和幾個玻璃杯來，自己匆匆趕到了客廳。我不知道你們是不是還記得派德瑞先生？他兩年前死了，不過我們曾是多年老友，我所有的法律事務都是他處理的。他是個精明的人，也是個腦筋靈光的律師。現在我的法律事務都交由他兒子處理。這年輕人不錯，也很新潮，可是我對他實在無法像對派德瑞先生那樣放心。

我向派德瑞先生解釋了爐火的問題，他立刻說，他和他的朋友可以去飯廳和我談。接著他就介紹他的朋友羅德先生讓我認識。那人很年輕，頂多四十出頭，我立刻就注意到一個極不尋常之處。他的態度極其「特別」，如果不知道這可憐的傢伙正承受著莫大的壓力，很可能會認為他簡直是「粗野無禮」。

我們在飯廳落了座，珂恩早已將櫻桃白蘭地端來。派德瑞先生說明了此次的來意。

「瑪波小姐，」他說，「你一定要原諒我擅作主張。我這回是特地上門求教的。」

我完全不知道他意為何指，於是他繼續說下去。

「人在生病時往往喜歡聽取兩種意見，一種是專家意見，另一種是家庭醫生的意見。一般人更看重前者，但我不敢苟同。專家只是在自己的領域內有豐富的經驗，而家庭醫生的醫

3 阿瑪—塔德瑪（Sir Lawrence Alma-Tadema, 1836-1912），英國維多利亞時代的知名畫家，擅長描繪中世紀前景象。

4 雷頓（Frederic Leighton, 1830-1896），英國畫家及雕刻家，作品題材大都來自古典神話和聖經。

學知識或許比不上專家，可是經驗廣泛得多。」

我完全明白他的意思，因為不久前正好發生了一件事。我有個侄女沒徵求家庭醫生的意見，就把孩子送到一個皮膚病專家那兒去看病，因為她覺得自己的家庭醫生太老了。那個專家為她開出昂貴的處方，但後來她發現，那孩子只是得了一種不常見的麻疹。

我提出這個例子（我很怕自己會離題），只是想說明，我很了解派德瑞先生的觀點。可是我還是不懂他說這番話的用意何在。

「如果是羅德先生生病了……」

我的話戛然止住，因為這可憐的傢伙發出了一陣恐怖的笑聲。他說：「我想我幾個月後就要身首異處了。」

我這才聽到了整個故事的來龍去脈。不久前，班徹斯特發生了一樁命案。那小鎮離此地約有二十英里遠，那時候我對那個案子並沒有多加注意，因為村裡正因為區公所護士的事而鬧得沸沸揚揚。當然，和我們的護士事件相比，這些發生在村外的事（例如印度的地震或是班徹斯特的命案）確實重要得多，卻遠不如村裡的人和事更令人興奮。恐怕所有的村莊都是如此。不過，我確實記得曾在報上看到這個事件的報導，說有個女人在旅館裡被人用刀刺死了，只是我不記得她的名字。現在看來，那個女人就是羅德先生的太太。而雪上加霜的是，大家都懷疑是他親手殺了自己的太太。

派德瑞先生把一切都對我解釋清楚。雖然陪審團裁定這是一樁凶手不明的謀殺案，不過羅德先生相信，不出一兩天他就會遭到拘捕，所以他去找派德瑞先生尋求協助。派德瑞先生又說，那天下午他們去請教了大律師馬康．歐迪爵士，說好一旦本案開庭審理，馬康爵士將為羅德先生辯護。

派德瑞先生說，馬康爵士很年輕，辯護手法也很新潮，同時為羅德先生擬好了一份辯護稿。可是羅德先生對這份辯護稿並不十分滿意。

「你知道，親愛的瑪波小姐，」派德瑞先生說，「這份辯護稿的說辭，就像我剛才所舉例的『專家意見』一樣，有點美中不足。你給馬康先生一個案子，他就只看到一點……如何擬出最好的辯護稿。可是在我看來，即使是最好的辯護稿，也可能完全忽略了最重要的一點，那就是，沒有把實際狀況考慮在內。」

他接著又說了一些奉承話，說我多麼敏銳、多有判斷力，又深諳人性。他請我好好聽聽這樁案子，希望我能給他們一些建議。

我看得出來，羅德先生十分懷疑我的能力，很不高興派德瑞先生帶他來這裡。可是派德瑞先生完全不予理會，依然繼續敘述三月八號那晚發生的事。

在案發之前，羅德夫婦已在班徹斯特的皇冠旅館住了一段時間。我從派德瑞先生謹慎的措辭中得知，羅德太太很可能是個輕度的憂鬱症患者；那天吃過晚飯後，羅德太太立刻就上床睡覺了。她和丈夫分住兩個房間，兩者相鄰，中間以一扇隔門互通。羅德先生在隔壁房間裡寫一本關於史前燧石的書。十一點時，他把稿子整理好準備就寢，臨上床前朝妻子房間望了一眼，想看看她是不是有什麼需要，結果發現燈還亮著，而他的妻子倒臥在床上，被人用刀刺穿了心臟。她死了至少有一個鐘頭了，甚或更久。接下來是一些細節的描述。羅德太太的房間還有一道通往走廊的門，不過這道門從裡面上了鎖，還掛了插銷。房裡唯一的一扇窗關得好好的，也上了閂。據羅德先生回憶，在他埋首桌前的這段時間，除了一個送熱水瓶的女侍外，別無他人從他的房間經過。凶器是一把放在羅德太太梳妝台上的匕首，平日她常拿它當裁紙刀用。凶器上沒有指紋。

整個情況就是簡單一句話：除了羅德先生和女侍，沒有人進過死者的房間。

我問了那個女侍的背景。

「那正是我們調查的第一步，」派德瑞先生說，「瑪麗．席爾是本地人，在皇冠旅館做女侍已有十年了。要說她會突然對一個房客進行攻擊，似乎說不通。無論從哪個角度看，她都是個非常遲鈍的人，甚至可說是癡傻。她的說辭從頭到尾沒變過：她送熱水瓶去給羅德太太，當時羅德太太快睡著了，正在那兒打瞌睡。坦白說，不但我不相信她是凶手，連陪審團也不會相信。」

派德瑞先生接著又提到一些細節。皇冠旅館二樓的樓梯口有一間小小的休息室，房客有時候會在這裡閒坐喝咖啡。一條走廊彎向右方，轉彎處是進入羅德先生房間的門，走廊緊接著再右彎，看到的第一道門就是通向羅德太太房間的入口。案發當時，這兩扇門都在別人的視線內。第一扇門——也就是進入羅德先生房間的門，我們姑且稱為A門——有四個人看得見：兩個商人和一對正在喝咖啡的老夫婦。據他們說，除了羅德先生和女侍外，沒有別人出入過A門。至於走廊上的另一道門——B門，當時有個水電工人正在附近工作，他也發誓只有女侍進出過B門。這真是一樁離奇又有趣的案子。從表面看來，在在指向一個結論：羅德先生殺了自己的妻子。不過我看得出來，派德瑞先生相信他的客戶是清白的。派德瑞先生是個很精明的人。

在驗屍庭上，羅德先生遲遲疑疑、吞吞吐吐地扯到一個女人的事，說那個女人曾經寫過恐嚇信給他的妻子。我想他說的故事一定令人難以置信。在派德瑞先生的請求下，他自己這麼解釋道：「老實說，我自己也沒相信過。我一直認為這是艾蜜自己編出來的故事。」

我想，羅德太太是那種富於浪漫幻想、喜歡自欺欺人的人，對於周遭發生的事總習慣要加油添醋。照她自己的說法，光是她一年當中的冒險事蹟就多得讓人不敢相信。踩到香蕉皮滑了一跤，她說是九死一生；只是燈罩著了火，她說是整棟大樓失火，自己在千鈞一髮之際被救了出來。她的丈夫已經習慣把她的話打折扣，所以當她告訴他，她曾經開車撞傷一個小孩，而小孩的母親誓言要報復的時候，他根本沒把這話當真。這件事發生在他們婚前，雖然她也曾把那些措辭瘋狂的信拿給他看，他還是懷疑故事是她自己編造的。事實上，她以前也做過一兩回類似的事。她是那種歇斯底里的女人，總是不停地尋求刺激。

而在我看來，這一切都是自然不過。事實上，我們村裡也住著一個這樣的年輕女子。這種人面臨的危險是：如果他們真的發生了不尋常的事，沒人會相信他們說的是真話。在我看來，這案子就是這樣。我想，警方認為羅德先生是為了轉移人們對他的懷疑，所以編出這樣的故事來。

我問他們，旅館裡可有單身女人住宿。他們說好像有兩個，一個叫作格蘭畢太太，是一個有盎格魯血統的印度寡婦；另一個是卡蘿瑟小姐，一個四肢發達、說話時總是省掉g發音的老小姐。派德瑞又補充說，經過相當詳細的調查，沒人看見她們曾在犯罪現場附近出現，而且無論怎麼看，她們和這樁命案都毫無關聯。我請他描述這兩個女人的長相。他說格蘭畢太太五十歲左右，一頭凌亂的紅髮，面色微黃略顯病態，衣著相當特別，多半都是純絲質料做成的。卡蘿瑟小姐年約四十，戴著一副夾鼻眼鏡，頭髮像男人一樣剪得短短的，上身總是穿一件像男生的外套，下身配裙子。

「老天，」我說，「這可就難辦了。」

派德瑞先生用詢問的眼神望著我，可是我那時候不想多說，所以反問他馬康・歐迪爵士怎麼說。馬康爵士很有把握，認為自己能找出證據讓驗屍結果判定為自殺，也能對凶器上沒留下指紋這點提出可信的解釋。我又問羅德先生怎麼想，他說醫生都是傻瓜，但連他自己都不相信他太太會自殺。「她不是那種人。」他就說了這麼一句，可是我相信他。歇斯底里的人通常不會自殺。

我思索片刻，接著又問，羅德太太的房門是不是直通走廊？羅德先生說不是；中間還有一個小門廊，是浴室和廁所的位置。就是這扇從臥室通往門廊的門從裡面上了鎖。

「如果是這樣，那麼整件事就再簡單不過了。」我說。

沒錯，你知道，這真的很簡單，簡直是世界上最簡單的事。可是在此之前，好像沒有人從那個角度來看這樁案子。

派德瑞先生和羅德先生不約而同瞪著我，讓我很不好意思。

「或許，」羅德先生說，「瑪波小姐還沒領會到這樁案子的困難之處。」

「噢，」我說，「我想我已經領會到了。這樁命案不外乎四種可能。羅德太太可能被她的丈夫或那個女侍殺害，要不就是自殺，而最後一種可能是：她死於一個外人之手，只是沒人看到這人曾在羅德太太的房間出入。」

「這絕無可能，」羅德先生搶過話頭。「沒有人能夠出入我的房間而沒讓我看見，就算有人設法躲過了那位水電工人的視線，進入我太太的房間，可是房間既然從裡面上了鎖，他怎麼可能出得去呢？」

派德瑞先生看著我，口裡說道：「瑪波小姐，你說呢？」他的口氣充滿了鼓勵。

「羅德先生，我想問你一個問題，」我說，「那個女侍長什麼樣子？」

他說他不能確定他覺得她似乎個頭很高，但他不記得她是金髮或黑髮。我又對派德瑞先生問了相同的問題。

他說那個女侍中等身材，淡黃色的頭髮，一對藍眼睛，面色紅潤。

「派德瑞，你比我擅長觀察。」羅德先生說。

我壯著膽說，這句話我不能同意。接著我問羅德先生，他能不能將我家女傭的相貌描述出來？結果他和派德瑞先生都形容不出來。

「兩位難道還不明白這意味著什麼嗎？」我說，「你們到我這兒來，滿腦子只想著自己的事，所以認為將兩位引進客廳的只是個『女傭』。同樣的道理，在旅館房間裡的羅德先生也一樣，他只看到女侍的制服和圍裙，因為當時他正全神貫注於工作。而派德瑞先生則是以不同的角度來看待這同一個女侍。他把她當成一個『人』來看待。

「那個犯下命案的女人，利用的正是這個心理。」

我看他們好像還是懵懵懂懂，只好解釋一番。

「我想，事情經過應該是這樣的，」我說，「女侍走進A門，拿著熱水瓶經過羅德先生的房間，接著進入羅德太太的臥房，然後走出門廊，經過B門來到走道。X——我們不妨這樣稱呼這位女凶手吧——從B門進來後就藏身在小門廊裡，直到女侍走出去。接著X進入羅德太太的房間，從梳妝台上拿起匕首（毫無疑問，她在白天曾經進入房間探查過），走到床邊，刺向正昏昏欲睡的羅德太太，接著就把刀柄上的指紋擦去，將她進來的那扇門從裡面鎖上，這才從羅德先生正在工作的房間走出來。」

「可是我應該看到她的，水電工人也應該看見她進來。」羅德先生叫出聲來。

「不對，」我說，「這就是你想錯的地方。你們看不到她……如果她裝扮成女侍，你們不可能認出她。」我等他們明白過來，這才繼續說道：「當時你正全神貫注在你的工作上，你從眼角餘光看見一個女侍走進來，進入你太太的房間，之後又經過你的房間走了出去。

『衣著』是一樣，可是並不是同一個女人。這也是那些喝咖啡的客人看到的景象：一個女侍走進去，片刻後那個女侍走了出來。水電工人也一樣。我敢說，如果這個女侍長得很漂亮，男人或許會注意到她的臉（人性如此），可是如果她是個長相普通的中年婦女，那麼你只會看到她的衣著，而不是那個女人。」

「那女人是誰？」羅德先生大叫。

「噢，」我說，「這點比較難斷定，不過，若不是格蘭畢太太，就是卡蘿瑟小姐。聽起來好像格蘭畢太太平時戴的是假髮，所以她可能會戴上假髮，裝成一個女侍。話說回來，卡蘿瑟小姐的頭髮短得像男生，戴上假髮裝成女侍也很容易。不過，我敢說你們不難找出她們哪個是真凶。就我個人而言，我認為卡蘿瑟小姐比較可能。」

親愛的雷蒙和瓊恩，故事就這樣結束了。「卡蘿瑟」是個假名，但她確實是凶手。她的家族有精神病史。羅德太太是個極其粗心又愛開快車的人，她將「卡蘿瑟」小姐的小女兒撞死之後，這可憐的女人就此精神失常。不過她很擅長偽裝，要不是她不斷寫瘋狂的恐嚇信給羅德太太，你根本不知道她已經瘋了。她在犯下命案前，跟蹤羅德太太已有一段時日，並且做了周詳的計畫。下手後的第二天，她第一件事就是把假髮和女侍的衣服用包裹寄了出去。在警察的追問下，她精神崩潰，立刻承認犯了殺人罪行。可憐的女人，現在被關在布羅德摩爾精神病院裡。當然，她完全喪失了心智，不過這起命案卻是設計得非常巧妙。

派德瑞先生事後又來找我，為我帶來一封羅德先生措辭恭謹的信……真的，那封信都讓我臉紅了。我的老友接著問我：「還有一件事。你為什麼認為下毒手的人，比較可能是卡蘿瑟而不是格蘭畢？你根本沒見過她們。」

「噢，」我說。「是那個g的發音，你說她說話的時候老將g的音省去不發。我知道故事裡有很多獵人會這樣，可是現實生活中，我很少看過這樣的人，即使有，也沒有六十歲以下的人。你說這女人年約四十，所以在我看來，省去g的發音似乎是在演戲，只是做得太過頭了。」

我不打算告訴你們派德瑞先生對我的回覆如何反應，不過他實在太恭維我了，而我也忍不住對自己有那麼一點志得意滿。

世事的結局竟然會如此圓滿，真令人驚嘆。羅德先生又結婚了，新娘是個美麗善良的女孩，他們已經有了一個小寶寶——你們猜怎麼著——他們要我做小寶寶的教母。他們這麼做真是貼心，你們說是不是？

希望你們不會嫌我的故事太長。

07

裁縫的洋娃娃

Miss Marple's Final Cases

洋娃娃靜靜躺在一張天鵝絨面的大椅子上。房裡光線幽幽暗暗，倫敦的天空陰陰沉沉。在這片灰中帶綠的昏暗裡，灰綠色的椅面、窗簾和地毯靜靜融為一體。那個洋娃娃也融合在其中。她身穿綠色天鵝絨衣裙，頭上戴著天鵝絨帽，那張臉像是一個上漆的面具，四肢大張、慵慵懶懶地躺在那兒。她是個木偶娃娃，是那些貴夫人一時興起買來放在電話旁或沙發上的那種玩具。她就這麼躺著，永遠是一副慵懶模樣，卻又活脫像個人樣。外表看起來，她就像個象徵二十世紀的頹廢產物。

西貝兒·福克斯匆匆忙忙走進來，手裡拿著一張草圖和幾張板樣。她帶著一絲驚訝和困惑瞄了洋娃娃一眼，心裡飄過一個念頭，可是不管這念頭是什麼，都沒有在她心上留下痕跡，她反而接著想到：「那個藍色天鵝絨的板樣哪裡去了？我把它放在哪裡了？我剛才明明拿在手上的。」

她走到樓梯口，朝工作室喊道：「艾絲佩！艾絲佩！那個藍色板樣有沒有在你那裡？費洛斯布朗夫人隨時可能會到。」

她走回房間，扭開燈光，又朝洋娃娃瞄了一眼。

「到底去哪裡了呢？啊，在這裡。」

她把板樣從它掉落的地方撿了起來。外面的樓梯口傳來尖銳的聲響，每當電梯停住，就會吱咯作響。一兩分鐘後，費洛斯布朗夫人帶著她的哈巴狗喘著大氣走進房間，活像一列擁擠喧鬧的火車噴著蒸氣停靠進站。

「馬上要下大雨了，」她說，「是傾盆大雨喔。」

她摘下手套，脫下皮草大衣。愛麗夏・庫比走進房間。她現在不常下來，除非有特別的客人上門，例如這位費洛斯布朗夫人。

艾絲佩，工作室的女領班，拿著一件罩袍走進來。西貝兒將它朝著費洛斯布朗夫人當頭罩下。

「你看，」她說，「我認為這衣服很漂亮。沒錯，絕對是個成功之作。」

費洛斯布朗夫人側過身，望著鏡中的自己。

「我必須承認，」她說，「你的衣服確實美化了我的臀部。」

「你比三個月前瘦多了。」西貝兒回答道。

「其實我沒瘦，」費洛斯布朗夫人說，「不過我得說，穿上這套衣服我像是變瘦了。這和你的裁剪有關，讓我的臀部看起來小得多。我簡直看不出有臀部……我的意思是，人們發胖時很顯眼的那般。」她一邊摸著那個令她傷腦筋的部位，一邊繼續說道，「我的臀部一向讓我心煩。當然，多年來我一直努力縮緊好讓它看來不顯眼；你知道，就是盡量把肚子向前挺。可是現在連這樣都沒用了，因為現在我連肚子都凸了。噢，我的意思是……唉，你總不能前縮後也縮，你說是不是？」

愛麗夏．庫比說：「你應該看看我其他的客人。」

費洛斯布朗夫人一會兒收腹一會兒挺出，試了又試。

「肚子大比臀部發胖更糟，」她說，「更容易凸顯出來。你大概也這麼覺得，因為，你知道，你跟別人說話的時候總要面對他們，所以他們看不到你的屁股，可是會注意到你的肚子。不管怎麼說，我已經養成習慣，一定要收腹，就讓屁股自己照顧自己吧。」她把脖子伸得更長了，接著突兀地說了一句：「噢，你那個洋娃娃真讓我覺得毛骨悚然。她放在這裡多久了？」

西貝兒遲疑地望望愛麗夏．庫比。愛麗夏顯出不解的神情，還隱隱帶著不耐。

「我不太確定，有段時間了吧，我想，我的記性一向不好。最近更是糟糕，我真的記不得了。西貝兒，這個娃娃在這裡多久了？」

西貝兒簡單答了一句：「我不知道。」

「總之，她讓我渾身起雞皮疙瘩，」費洛斯布朗夫人說，「真奇怪。你知道，她好像在監視我們似的，說不定還在暗暗嘲笑我們。如果我是你，我就把它給扔了。」

她微微打了個寒顫，又談起裁製衣服的細節。她該不該把袖子改短一吋？衣長又如何？等到所有重點……獲得了滿意的解決後，費洛斯布朗夫人穿回自己的大衣，準備離開。她走過那個洋娃娃，又回過頭來拋出一句：「沒錯，我不喜歡這個娃娃。瞧她那副神情，好像她才是這裡的主人似的。這不太對勁。」

費洛斯布朗夫人下樓後，西貝兒問：「她剛才說的話是什麼意思？」

愛麗夏・庫比還沒來得及回答，費洛斯布朗夫人又折了回來，從門口探進頭來。

「噢，老天，我把富林給忘了。你在哪兒，寶貝兒？噢，從沒見過這樣的事！」

她瞠目結舌地瞪著前方，那兩個女人也是。只見那隻哈巴狗蹲坐在綠色絨面座椅旁，仰著脖子直盯著四腳朝天的洋娃娃看。牠那張雙眼突出的小臉上毫無表情，既沒有快樂，也沒有憎厭，就只是定定地盯著她。

「來吧，我的寶貝兒。」費洛斯布朗夫人叫道。

可是她的寶貝兒根本不理她。

「牠愈來愈不聽話了，」費洛斯布朗夫人數落著。「來吧，富林，我的心肝。」

富林把頭稍稍轉向女主人，隨即又轉回去，繼續對那個洋娃娃目不轉睛。

「她確實把牠給吸引住了，」費洛斯布朗夫人說，「我想牠以前從未注意到她，我也沒有。上回我來的時候她就在這裡了嗎？」

另外兩個女人面面相覷。西貝兒皺起眉毛，愛麗夏・庫比也鎖起眉頭說道：「我說過了，我最近什麼事情都記不住。她在我們這裡有多久了，西貝兒？」

「她是怎麼來的？」費洛斯布朗夫人問，「是你們買的？」

「噢，不是，」愛麗夏・庫比被這話嚇了一跳。「不是。我想……我想是別人送我的吧。」她搖搖頭。「見鬼，」她大聲說道，「這簡直令人難以忍受。不管發生了什麼事，才發生過，我就忘得一乾二淨。」

「別傻了，富林！」費洛斯布朗夫人厲聲說道，「過來。看來我得把你抱起來才行。」

她抱起狗兒，富林不滿地叫了幾聲表示抗議。她抱著狗兒往外走，富林依然回頭緊盯著椅子上的洋娃娃。

§

「那個洋娃娃，」葛洛夫太太說，「真的讓我渾身不自在。」

葛洛夫太太是這裡的清潔婦。她才剛蟹行般倒退著拖完地，現在正拿著雞毛撢子在屋裡清理灰塵。

「真奇怪，」葛洛夫太太說，「在昨天之前，我從來沒注意到她。而昨天她真把我嚇了一大跳，你知道。」

「你不喜歡這個洋娃娃？」西貝兒問。

「我告訴你，福克斯太太，她讓我覺得毛骨悚然，」清潔婦說，「這個娃娃很不尋常，如果你懂我意思的話。你看她的長腿，看她那副無精打采的樣子，可是她的眼神精明得很。我只能說，她看起來很不對勁。」

「你以前也沒覺得她怎麼樣。」西貝兒說。

「我說過了，直到今天早上我才注意到她，」清潔婦說，「當然，我知道她在這裡已經好一陣子，可是……」她頓了頓，臉上飄過一絲困惑。「她是那種會讓你做噩夢的洋娃娃。」她邊說邊收拾清潔用具，接著走出試衣室，穿過樓梯口到對面房間去了。

西貝兒對著這個懶洋洋的娃娃看了好一會兒，臉上的迷惑愈來愈深。愛麗夏．庫比走進來，西貝兒猛然回頭問道：「庫比小姐，這個娃娃跟著你多久了？」

「什麼？你說那個娃娃？噢，老天，你知道我什麼也不記得。昨天……唉，說來實在荒謬……我去聽演講，還沒走到半途，突然發現我想不起來要去做什麼。我想了又想，最後對自己說，我一定是打算上福特南去。我知道自己想去福特南買些東西。唉，你大概不會相信，可是直到我回家端起杯子喝茶的時候，我才想到演講這件事。當然，我常聽別人說，人老了會糊塗，可是我的忘性來得未免太快了。現在我已經忘了我把手提袋放到哪裡去了……還有我的眼鏡。我的眼鏡去哪裡了？剛才看《泰晤士報》的時候我還戴著它。」

「它就在你的斗篷上，」西貝兒邊說邊將眼鏡遞給她。「你這個娃娃是怎麼來的？誰給你的？」

「我也一片茫然，」愛麗夏．庫比說，「我想，大概是什麼人把她送給我，還是寄來的。不過，她看起來和這個房間挺匹配的，你說是不是？」

「我得說，未免過於匹配了，」西貝兒說，「奇怪的是，我不記得我第一次注意到她是什麼時候了。」

「喂，你可別變得和我一樣，」愛麗夏．庫比說，語氣帶著責備。「再怎麼說，你還年輕。」

「可是庫比小姐，我真的記不得了。我的意思是，昨天我看見她的時候，就覺得她……葛洛夫太太說得沒錯，她是有點讓人毛骨悚然。那時候我就想，我以前就有這種感覺，可是頭一回有這種感覺是什麼時候，卻怎麼也想不起來。就某種角度來看，我似乎從來沒注意過她，但好像又不是這樣。彷彿她一直在那裡，而我才剛發現她似的。」

「她大概是某一天騎著掃帚從窗戶裡飛進來的，」愛麗夏．庫比說，「不管怎麼說，她現在屬於這裡，」她四下望望。「你恐怕想像不出，這個房間沒有她，會是什麼模樣吧？」

「確實難以想像，」西貝兒回答，身子微微顫了顫。「但願我能夠……」

「能夠什麼？」

「想像出一個沒有她的房間。」

「我們是不是因為這個洋娃娃而變得有些神經兮兮？」愛麗夏．庫比說，語氣甚是不耐。「那可憐的洋娃娃怎麼了？在我看來，她和一顆腐爛的包心菜沒兩樣。不過，大概是我沒戴眼鏡的關係，」她戴上眼鏡，眼神定在洋娃娃身上。「沒錯，現在我懂你的意思了。她是有點邪門。她那神情看來很悲哀，可是又帶著狡獪，而且意志堅定。」

「真奇怪，」西貝兒說，「費洛斯布朗夫人這麼討厭她。」

「她是那種什麼話都說得出口的人。」愛麗夏．庫比說。

「可是，奇怪的是，」西貝兒說，「這個洋娃娃竟然會讓她這麼在意。」

「噢，有時候，人確實會突然討厭起某些東西。」

「或許吧，」西貝兒笑了笑。「那個娃娃在昨天之前並不存在。說不定，她真的如你所說，是從窗子裡飛進來的，打算定居在這裡。」

「不對，」愛麗夏．庫比說，「我可以確定她早就在這裡了，只是好像直到昨天才現身。」

「我也這麼覺得，」西貝兒說，「我想她在這裡已有一段日子了，可是在昨天之前，我完全不記得見過她。」

「好了，親愛的，別再談她了，」愛麗夏．庫比斷然說，「你的話讓我渾身寒毛直豎。你該不會離譜到把她形容成是超自然的生靈吧？」

她拿起娃娃抖了抖，將娃娃的衣服整理整理，放到另一張椅子上。娃娃立刻舒張手腳，懶懶地躺了下來。

「她完全沒有生命，」愛麗夏．庫比嘴裡一面說，眼睛一面瞪著娃娃。「怪的是，她看起來就像個活生生的人，你說對吧？」

§

「噢，她真把我給嚇了一跳，」葛洛夫太太邊說邊走進陳列室，開始清掃。「嚇了我好一大跳，我簡直不想再進去試衣間了。」

「什麼東西嚇了你一跳？」庫比小姐問。她正坐在角落的寫字檯前，忙著整理帳目。

「這個女人，」她這話與其說是對葛洛夫太太而發，不如說是自言自語。「以為一毛錢也不花就可以每年做兩件晚禮服、三套燕尾服和一套西裝？真是的，什麼人嘛！」

「是那個洋娃娃。」葛洛夫太太回答。

「什麼，又是我們那個娃娃？」

「對。她像個人一樣，直直地坐在書桌前。噢，她真把我給嚇了一跳。」

「你在說什麼？」

愛麗夏・庫比站起身，大步踏出房間穿過樓梯口，走進對面的試衣間。房間一角放著一張小書桌，桌前有一把拉開的椅子，只見那娃娃端坐在上，兩隻長長的手臂搭在桌上。

「一定是有人開玩笑，」愛麗夏・庫比說，「故意讓她坐在那兒。確實，她看起來挺自然的。」

西貝兒這時候正好從樓上下來，手上拿著一件當天上午等著客人試穿的衣服。

「過來，西貝兒。你看我們的娃娃，她正坐在我的私人書桌前面寫信呢！」

兩個女人盯著娃娃看。

「真是的，」愛麗夏．庫比說。「太荒謬了。不知道是誰把她放在這兒的。是你嗎？」

「不是，我沒有，」西貝兒說，「一定是樓上哪個女孩放的。」

「真是個荒唐的玩笑。」

愛麗夏．庫比說完，隨手就拿起娃娃扔回沙發。

西貝兒小心翼翼地把那件衣服搭在椅背上，上樓回到了工作室。

「你們知道那個娃娃吧？」西貝兒說，「穿天鵝絨衣服、在樓下庫比小姐房間——也就是試衣間——的那個娃娃？」

領班和三個女孩全都抬起頭來。

「是的，福克斯太太。我們當然知道。」

「是誰開的玩笑，讓她坐在書桌前面？」

三個女孩看著她，領班艾絲佩說：「讓她坐在書桌前面？不是我。」

「也不是我，」一個女孩說，「是你嗎，瑪琳？」

瑪琳搖搖頭。

「是你開的玩笑吧，艾絲佩？」

「不是，真的，」不苟言笑的艾絲佩說。她是個嚴肅的女人，永遠惜字如金。「我事情多得很，哪有時間玩洋娃娃，把她放在書桌前。」

「你們聽好，」西貝兒說，微抖的聲音令她自己也驚訝。「這是個……是個很有趣的玩笑，我只想知道是什麼人做的。」

三個女孩也開始有了火氣。

「福克斯太太，我們已經告訴過你，不是我們做的，對吧，瑪琳？」

「不是我，」瑪琳說，「如果瑪格麗特和妮莉也說不是她們，那就表示不是。」

「你剛才也聽到我的話了，」艾絲佩說，「福克斯太太，這到底是怎麼回事？」

「會不會是葛洛夫太太？」瑪琳說。

西貝兒搖搖頭。

「不可能是葛洛夫太太。她被嚇了一大跳。」

「我要下樓親眼瞧瞧去。」艾絲佩說。

「娃娃已經不在書桌前了。庫比小姐把她拿下來丟回沙發了。呃，」西貝兒頓了頓。「我的意思是，一定是有人覺得好玩，所以把她放在書桌前。可是我不懂，這人為什麼不肯承認。」

「福克斯太太，我已經說了兩次，」瑪格麗特說，「我不懂你為什麼還是認定我們在說謊。我們當中沒有人會做這樣的蠢事。」

「對不起，我不是故意惹你們不高興，」西貝兒說，「可是……可是還有什麼人會這麼做呢？」

「搞不好是她自己走過去的。」瑪琳邊說邊咯咯笑。

不知道為什麼，西貝兒不喜歡這個暗示。

「噢，真是胡說八道。算了。」

說完她便下樓了。

愛麗夏．庫比開心地哼著歌。她正在房裡東看西看。

「我又把眼鏡弄丟了，」她說，「不過，其實不要緊，反正我現在也不打算看東西。當然，問題是，如果你像我一樣視茫茫，又丟了眼鏡，那除非戴上另一副，要不然永遠也找不到它，因為你什麼也看不清楚。」

「我來幫你找，」西貝兒說，「你剛才還戴著呢。」

「你上樓後，我到對面房間去了一趟，大概把眼鏡放在那兒了。」

她走進對面的房間。

「噢，真煩人！」愛麗夏．庫比說，「我想繼續把這些帳目看完，可是沒有眼鏡該怎麼看？」

「我去樓上臥室幫你拿另一副來。」西貝兒說。

「我現在沒有別的眼鏡了。」愛麗夏．庫比說。

「怎麼回事？你另一副眼鏡跑去哪裡了？」

「唉，我想是我昨天中午出外吃飯的時候，忘了拿回來。我打過電話到餐館，也打了電話給我昨天去過的兩家商店。」

「噢，老天，」西貝兒說，「我想你應該準備三副眼鏡才對。」

「如果我有三副眼鏡，」愛麗夏．庫比說，「那我一輩子就會在找眼鏡中度過，不是找這副就是找那副。所以，我想還是只有一副最好。這樣我就會堅持找下去，直到找到為止。」

「一定掉在什麼地方了，」西貝兒說，「你沒踏出過這兩個房間，所以如果眼鏡不在這裡，那就一定在試衣間裡。」

西貝兒回到試衣間，整個繞了一圈，仔細看過每個角落。最後突然靈機一動，她把娃娃從沙發上拿起來。

「我找到了。」西貝兒喊道。

「噢，在哪兒找到的，西貝兒？」

「在這個可愛的娃娃身體下面。我想你一定是在扔回娃娃時，把眼鏡掉在沙發上。」

「才沒有，我敢發誓我沒有。」

「噢，」西貝兒憤憤說道，「那我想是這個娃娃拿了你的眼鏡，把它藏起來囉？」

「沒錯。你知道，」愛麗夏一面說，一面若有所思地看著娃娃。「我不敢說她毫無嫌疑。她看起來很聰明，你不覺得嗎，西貝兒？」

「我不喜歡她那張臉，」西貝兒說，「好像她知道一些我們不知道的祕密。」

「你不覺得她長得很甜美，可是又帶著悲傷？」愛麗夏問，語氣中帶著期盼，只是並不肯定。

「不。我一點也不認為她長得甜美。」

「噢。或許你說得對。好了，我們繼續工作吧。李夫人再過十分鐘就到了。我只想把這些發票和帳單整理好寄出去。」

§

「福克斯太太！福克斯太太！」

「怎麼了，瑪格麗特？」西貝兒說，「什麼事情？」

西貝兒正伏身桌前，裁剪一塊緞料。

「噢，福克斯太太，又是那個娃娃。我照你的吩咐，把搭在椅子上的棕色衣服拿下來，結果看見那個娃娃又坐在書桌前面了。不是我，也不是我們任何人。福克斯太太，請相信我們，我們真的不可能做出這種事來。」

西貝兒的剪刀滑了滑。

「看看你，」她生氣地說，「害我剪歪了！噢，還好，沒什麼關係。好吧，那個洋娃娃又怎麼了？」

「她又坐在書桌前面了。」

西貝兒下樓來到試衣間，只見那娃娃端坐在書桌前，和上回一模一樣。

「你很固執，對吧？」西貝兒對娃娃說。

她毫不客氣地拿起娃娃，把她放回沙發上。

「這裡才是你的位子，我的小姐，」她說，「你得乖乖待在這裡。」

她走進對面的房間。

「庫比小姐？」

「什麼事，西貝兒？」

「你知道，有人在和我們開玩笑。那個娃娃又跑到書桌前坐著了。」

「你想這是誰幹的？」

「一定是樓上那三個女孩中的一個，」西貝兒說，「我想她們大概覺得好玩。當然，她們全都發過誓，說不是她們幹的。」

「你想會是哪一個呢？瑪格麗特？」

「不，我想不是她。今早她進來告訴我這件事的時候，看起來很慌張。我想是那個老愛咯咯笑的瑪琳。」

「不管怎麼說，這麼做真是夠無聊的。」

「那當然，簡直像……像白癡！」西貝兒說，「不過，」她陰陰地加上一句：「我要把這件事做個了斷。」

「你打算怎麼做？」

「你會知道的。」

那天晚上臨走前，西貝兒將試衣間的門從外頭鎖上。

「我要把門鎖起來，」她說，「把鑰匙帶在身上。」

「噢，我明白了，」愛麗夏說，似乎感到好笑。「你在懷疑我，對吧？你以為我心不在焉，走到書桌前想寫東西，卻把娃娃放在椅子上，要她替我寫，事後又把這一切忘得乾乾淨淨。你是這麼想的吧？」

「呃，是有這個可能，」西貝兒承認。「不管怎麼說，我不會讓這種愚蠢的惡作劇再度得逞。」

第二天一早，西貝兒緊抿著唇，來到了試衣間。她第一件事就是將門打開，大步走進去。葛洛夫太太站在樓梯口等著，手裡拿著拖把和撢子，一副惱恨的模樣。

「現在，我們就來瞧瞧。」

話才說完，西貝兒倒抽一口氣，退後一步。

那個洋娃娃正端坐在書桌前。

「老天，」她身後的葛洛夫太太說，「太不可思議了。這娃娃真的是……噢，福克斯太太，你怎麼了？你的臉色好白，好像快昏倒了。你得吞點藥丸。你知道樓上的庫比小姐有什麼藥丸嗎？」

「不用，我沒事。」西貝兒說。

她走到娃娃身旁，小心翼翼地拎起她，帶著她走出房門。

「又有人在捉弄你。」葛洛夫太太說。

「我不知道她們這回是怎麼辦到的，」西貝兒緩緩說道，「昨天晚上我把門鎖上了，你也知道，那樣的話，沒人能進得來。」

「說不定有人有另一把鑰匙。」葛洛夫好心提醒。

「我想不可能，」西貝兒說，「這道門我們以前從來沒鎖過。再說，這是一種老式的鑰匙，這是唯一的一把。」

「說不定其他的鑰匙也能開，比如說對面房間的鑰匙。」

她們把店裡所有的鑰匙都試了一遍，可是沒有一把能打開試衣間的門。

「真是怪事，庫比小姐。」稍後兩人共進午餐的時候，西貝兒對庫比小姐說。

愛麗夏．庫比看起來很開心。

「親愛的，」她說，「我想這真是非比尋常。我們應該寫信給那些研究玄學的人，把這件事告訴他們。你知道，說不定他們會派個調查員來……例如靈媒之類的，看看這房間是不是有什麼詭異之處。」

「你好像一點也沒把這件事放在心上。」西貝兒說。

「噢，從某個角度看，我覺得這很有意思，」愛麗夏．庫比說，「我的意思是，像我這種年紀的人，生活來點變化是挺有趣的。話說回來，」她若有所思地說，「我想我不太喜歡這樣的事情。我的意思是，那個娃娃未免太目中無人了，你說是不是？」

那天晚上，庫比小姐和西貝兒又從外面把試衣間的門鎖上。

「我還是認為這是有人惡作劇，」西貝兒說，「雖然說實在的，我不知道這人為什麼要……」

「你想她明天早上還會坐在書桌前嗎？」愛麗夏問。

「是的，」西貝兒說，「我想她會。」

她們錯了。那個娃娃並沒有坐在書桌前，而是坐在窗台上，望著窗外的大街。她的姿勢依然是那麼自然。

「這實在太荒謬了，對吧？」那天下午兩人抽空喝茶的時候，愛麗夏．庫比說。

她們通常都在試衣間裡喝茶，可是今天她們的意見一致，移駕到對面愛麗夏．庫比的房間去。

「怎麼說？」

「呃，我的意思是，你完全無法控制她。她只是個洋娃娃，卻老是出現在不同地方。」

時間一天天過去，洋娃娃似乎更明目張膽了。現在她不僅在夜間活動，連白天也不避諱。有時她們人在試衣間裡，才出去幾分鐘回來，就發現娃娃換了位置。本來放在沙發上的娃娃現在跑到椅子上去，過一會兒又換了另一張椅子。有時候她坐在靠窗的椅子上，有時又坐在書桌前。

「她簡直是想去哪裡就去哪裡，」愛麗夏．庫比說，「而且，我覺得她樂此不疲。」

兩個女人就這麼站在那裡，低頭注視這個裹著柔軟天鵝絨、躺姿慵懶、上漆的臉如絲般平滑的娃娃。

「一塊天鵝絨布、一些絲線和一點漆，她全部的成分不過如此，」愛麗夏．庫比說，聲音繃得很緊。「我想，你知道，我們可以……呃，我們可以把她處理掉。」

「處理掉？你這是什麼意思？」西貝兒問，語氣透著驚駭。

「呃，」愛麗夏．庫比說，「如果這裡有爐火，我們可以把她扔進火裡燒了，就像燒死巫婆那樣。或者，當然，」她以就事論事的語氣加上一句：「也可以把她丟進垃圾箱裡。」

「我認為這沒用，」西貝兒說，「別人很可能把她從垃圾箱裡撿起來，還給我們。」

「要不然，我們可以把她送走，」愛麗夏說，「你知道，把她送到那些常寫信來要東西的機關團體去，例如舊貨市場或廉價商店。我想這是最好的辦法。」

「很難說，」西貝兒說，「我不太敢這麼做。」

「不敢？」

「呃，我怕她會再回來。」西貝兒說。

「你是說她還會回到這裡來？」

「沒錯。」

「就像信鴿一樣？」

「是的，我就是這個意思。」

「我想我們沒發瘋吧？」愛麗夏說，「我大概真的是老糊塗了，不過你是在調侃我，對吧，西貝兒？」

「不是的，」西貝兒說，「我真的有種可怕的感覺，覺得她……她力量很大，我們敵不過她。」

「什麼？就憑那堆破布？」

「沒錯，就是那一團軟趴趴的破布。因為，你知道，她已經打定了主意。」

「打定了主意？」

「她決定要為所欲為！我的意思是，她認為這是她的房間！」

「沒錯，」愛麗夏．庫比對著房間四下望了望。「這房間是她的，對吧？當然，它一直就是她的；想想看，這房間的色調，一切的一切。我原本以為她和這房間很匹配，其實，是這個房間和她匹配。我得說，」她又說，聲音變得高拔起來。「這太荒謬了，一個洋娃娃跑到這裡來，霸占了一切。你知道，葛洛夫太太不肯再來打掃屋子了。」

「她說她怕這個娃娃？」

「沒有。她編了其他藉口，」愛麗夏又說，聲音透著一絲恐慌。「我們該怎麼辦呢，西貝兒？她讓我心煩意躁。你知道，我已經好幾個星期沒心情設計衣服了。」

「我裁剪衣料的時候也不能專心，」西貝兒也開始大吐苦水。「大錯小錯不斷。或許，」她的口氣透著猶豫。「你上回的建議有點用。我們是該寫封信給對玄學有研究的人。」

「那只會讓我們看來像一對大傻瓜！」愛麗夏．庫比說，「我並不是真的打算那麼做。不，我想我們只好這麼繼續下去，直到……」

「直到什麼？」

「噢，我不知道。」愛麗夏勉強笑了笑。

第二天，西貝兒來到店裡，發現試衣間的門被鎖上了。

「庫比小姐，你有鑰匙嗎？是你昨天晚上鎖的門？」

「是的，」愛麗夏．庫比說，「我鎖了門，而且打算永遠鎖上。」

「你這是什麼意思？」

「我的意思是，那個房間我不要了，就讓給那個洋娃娃吧。我們不需要兩個房間。這裡也可以試穿衣服。」

「不過這是你私人的客廳。」

「反正那房間我是不想要了。我有一個很不錯的臥室，我可以改裝一下，既當臥房又當客廳，對吧？」

「你的意思是，你真的再也不進試衣間了？」西貝兒帶著難以置信的口吻問。

「我就是這個意思。」

「可是，清掃怎麼辦？那個房間會變得一團亂！」

「由它去！」愛麗夏說，「如果這個地方非得被一個洋娃娃霸占不可，好吧，就讓她霸占吧。打掃房間也讓她自己來。」她又加上一句：「你知道，她恨我們。」

「你這話是什麼意思？」西貝兒問，「那個娃娃恨我們？」

「沒錯，」愛麗夏說，「難道你不知道？你一定心知肚明。你只要看她那樣子就知道。」

「沒錯，」西貝兒若有所思地說，「我想我是心裡有數。我始終有這樣的感覺，她恨我們，想把我們趕出去。」

「她是個邪惡的小東西，」愛麗夏・庫比說，「不管怎麼說，現在她應該滿意了。」

從那以後，事情平靜了下來。愛麗夏・庫比向員工宣布，暫時不再使用那個試衣間。她的解釋是，需要打掃的房間太多了。

可是當天晚上，她在無意間聽見幾個女工竊竊私語。

「庫比小姐的腦筋真的壞了。我一直就認為她怪，不是掉這掉那，就是忘東忘西。但現在更糟了，你們說是不是？她竟然會對樓下那個娃娃疑神疑鬼。」

「噢，你該不會真的認為她腦子有毛病吧？」另一名女工說，「她該不會拿刀殺了我們或是怎麼樣吧？」

她們邊說邊聊，慢慢走遠了。愛麗夏・庫比坐在椅子上，不覺怒火中燒。真是腦子出了毛病！她一面苦笑，一面自言自語道：「我想，要是沒有西貝兒，連我都會覺得自己瘋了。不過，還好有西貝兒和葛洛夫太太，所以這事看來確實有點不對勁。唉，真不知道這件事該怎麼做個了斷。」

過了三個星期，西貝兒對愛麗夏・庫比說：「我們哪天應該進那房間看看。」

「為什麼？」

「噢，我想裡面一定髒亂不堪，蟲蛾會鑽進衣服裡，諸如此類的。我們應該把房間清掃一番，再把它鎖起來。」

「我寧可一直鎖著它，也不想再進去。」庫比小姐說。

西貝兒說：「真是的。你知道，你比我還迷信。」

「我想也是，」愛麗夏．庫比說，「比起你來，我更相信這些。不過，你知道，一開始我還覺得這挺刺激的……我也不知道為什麼。可是現在，我好害怕，我再也不願踏進那個房間。」

「呃，可是我願意，」西貝兒說，「而且我現在就要進去。」

「你知道你這是為什麼嗎？」愛麗夏．庫比說，「你只是好奇，如此而已。」

「好吧，就算我是好奇吧。我想看看那個洋娃娃又做了什麼好事。」

「我還是認為我們最好別去管她。現在我們搬出了那個房間，她該滿意了。你最好讓她繼續滿意下去，」愛麗夏又是惱怒又是嘆息。「我們在胡說八道些什麼！」

「沒錯，我們是在胡說八道，可是如果你告訴我，怎麼樣才不算胡說八道……唉，把鑰匙給我吧。」

「好吧。」

「我相信你是怕我把她放出來或怎樣。我倒認為她自己就能穿門越窗、飛簷走壁。」

西貝兒打開門鎖，走進房間。

「真奇怪。」西貝兒說。

「什麼奇怪？」愛麗夏．庫比說，回頭偷偷往房裡看。

「這房間幾乎沒什麼灰塵，你說對吧？想想看，這房間被鎖上了這麼久。」

「確實，是很奇怪。」

「她在這裡。」西貝兒說。

娃娃坐在沙發上。她並沒有像往常那般慵懶躺著，而是坐得筆直，身後靠著軟墊，一副女主人等著接待賓客的模樣。

「唉，」愛麗夏．庫比說，「她看起來真像是在自己家裡一樣，對吧？我幾乎要為自己冒昧闖入向她道歉了。」

「我們走吧。」西貝兒說。

她退出房間，帶上門，再度將門鎖上。

兩個女人對望一眼。

「我真希望我知道，」愛麗夏．庫比說，「這個娃娃為什麼讓我們這麼害怕。」

「老天，誰會不怕呢？」

「我的意思是，這究竟是怎麼回事？其實這沒什麼，只是一個木偶會在房間裡走來走去而已。我想那不是娃娃自己動的，是吵鬧鬼在作祟。」

「你這個解釋不錯。」

「對，可是我其實自己也不大相信。我想，是……是那個娃娃。」

「你真的不知道她是從哪裡來的？」

「我一點也不知道，」愛麗夏．庫比說，「而且我愈想愈確定，她絕對不是我買的，也不是別人送的。我想，她……呃，是自己跑來的。」

「那你認為她會……她會離開嗎？」

「真是的，」愛麗夏．庫比說，「我看不出她為什麼會離開。她已經得到了她想要的一切。」

但那娃娃似乎還沒有得到她想要的一切。第二天，西貝兒才走到陳列室門口，突然屏住了呼吸。她轉身朝樓上大喊：「庫比小姐！庫比小姐！快下來！」

「什麼事？」

愛麗夏．庫比一向起得晚，因為右膝患有風溼，她步下樓梯的時候帶點蹣跚。

「怎麼回事，西貝兒？」

「你看。你看這是什麼。」

兩人呆立在陳列室的門口。那娃娃正舒舒服服地靠坐在陳列室的沙發扶手上。

「她跑出來了，」西貝兒說，「她從那個房間跑出來了！她還想要這一間。」

愛麗夏．庫比在門口頹然坐下。

「到最後，我想，她會要這整家店。」

「有可能。」西貝兒說。

「你這個討厭、陰險、邪惡的畜生！」愛麗夏對娃娃破口大罵。「你為什麼要跑來纏著我們不放？我們可不想要你。」

她感到那娃娃微微動了一下，西貝兒也察覺到了。娃娃似乎更加放鬆了，身體又更往下滑，長長的手臂將那張小臉遮住一半，彷彿正從手臂底下偷偷往外看。她的目光充滿了狡獪和邪惡。

「可怕的東西！」愛麗夏說，「我受不了了。我再也不能容忍她了。」

愛麗夏突然一個箭步衝進房間，抓起娃娃跑到窗前，打開窗戶就往外頭的大街上扔。這個突如其來的舉動完全出乎西貝兒的意料，她喘著氣，帶著恐懼叫嚷開來：「噢，愛麗夏，你不能這麼做。我敢確定，你不應該這麼做！」

「我總得想點辦法，」愛麗夏說，「我真的受不了了。」

西貝兒走到窗前，在愛麗夏身旁站定。那娃娃臉蛋朝下，正趴俯在下頭的人行道上。

「你殺了她。」西貝兒說。

「少荒唐了。我怎麼可能殺了一團用絨布和絲線做的東西？她又沒有生命。」

「可怕的是，她有生命。」西貝兒說。

愛麗夏屏住呼吸。

「天哪，那個孩子！」

一個衣著襤褸的小女孩站在人行道上，看著腳下的洋娃娃。小女孩朝街上東張張西望望。上午這個時段，雖然有些過往的車輛，但交通並不擁擠。小女孩帶著滿意的神情，彎身撿起娃娃，往馬路對街跑去。

「別跑，別跑！」愛麗夏大喊。

她轉頭對西貝兒說：「那孩子不能把娃娃拿走，絕對不能！那個娃娃很危險，很邪惡。我們必須攔住她！」

攔住小女孩的不是她們，是車陣。這時候馬路一頭有三輛計程車奔馳而來，另一頭又有兩輛貨車駛來，小女孩就這麼被困在馬路中央的安全島上。西貝兒飛奔下樓，愛麗夏·庫比緊隨在後。西貝兒躲開了一輛貨車和一輛轎車，在小女孩還沒過完馬路跑到對街之前，追到了安全島上。愛麗夏後腳也趕到了。

「你不能把娃娃帶走，」愛麗夏·庫比說，「把她還給我。」

小女孩抬起頭，瞇著眼打量愛麗夏。她長得瘦瘦小小，八歲左右，有點斜視，臉上的表情堅決不從。

「我為什麼要把娃娃給你？你把她從窗口扔出來，就是你，我看見的。你把她扔出來，就表示你不要她了，所以現在她是我的。」

「我再買一個給你，」愛麗夏·庫比焦急若狂。「我們去玩具店，去哪裡都行，我會買一個最好的娃娃給你。可是你得把這個娃娃還我。」

「我不要！」小女孩說。

她的雙臂緊緊護著天鵝絨娃娃。

「你一定得把她還我，」西貝兒說，「她不是你的。」

西貝兒伸出手，打算從女孩身上取回娃娃，小女孩急得跺腳，轉過身對她們喊道：「我不要！我不要！她是我的。我愛她，你們不愛她。你們討厭她，要不然你們為什麼把她扔出窗外？我告訴你，我愛她，她要的就是這個，她希望有人愛她。」

接著小女孩像鰻魚一樣穿梭於車陣間，不一會就跑到對街，鑽進一條小巷裡。等到西貝兒和愛麗夏想到抬腳去追時，她已跑得無影無蹤。

「她走了。」愛麗夏．庫比說。

「她說那娃娃希望有人愛。」西貝兒說。

「或許吧，」愛麗夏．庫比說，「或許她想得到的就是這個……有人愛她。」

在倫敦馬路的車陣裡，兩個受驚的女人面面相覷。

08

神祕的鏡子

Miss Marple's Final Cases

對於這件事我提不出任何解釋，也推斷不出它如何發生。可是它就是發生了。

話說回來，有時候我忍不住想，如果我當時就注意到那個關鍵細節，而非事發多年後才恍然大悟，那事情的發展會是如何？如果我當時就注意到它，我想我們三人的命運都會完全改觀。不知為什麼，想到這點就令我膽戰心驚。

說起事情的開端，我必須追溯到一九一四年的夏天。當時大戰一觸即發，我和尼爾・卡司雷南下回到貝吉沃莊。我想，尼爾可說是我最好的朋友。我也認識他弟弟艾倫，不過並不熟，至於他們的妹妹希薇雅，我則從未見過。希薇雅比艾倫小兩歲，比尼爾小三歲。我和尼爾在同一所學校讀書的時候，曾經兩度打算和尼爾回貝吉沃莊度假，但兩次都因為有事而未能成行。所以，我一直到了二十三歲，才初次踏入尼爾和艾倫的家。

在那裡，我們有一大群人。那時候尼爾的妹妹希薇雅剛和一個名叫查爾斯・克勞利的人訂婚。聽尼爾說，查爾斯比希薇雅年紀大很多，不過他是個不折不扣的正人君子，而且相當富有。

我還記得，我們到達貝吉沃莊的時候是晚上七點，那時每個人都到自己的房間去，準備更衣進晚餐。尼爾帶我來到我的房間。貝吉沃莊是一棟美麗但建築散漫的古宅。它歷經了三個世紀的任意修補，裡裡外外都是忽上忽下的台階，到處都有意想不到的樓梯出現。在這樣的一棟房子裡，想不迷路都難。我記得當時尼爾答應我，他會在下樓時順道叫我一聲，一起下去吃飯。想到馬上就要和尼爾的家人見面，我不免有點情怯。我記得我笑著說，這就是會有鬼魂在走道上出沒的那種房子，他聽了隨口應道，確實有人說過這房子鬧鬼，可是他們沒人遇見過，也不知道鬼魂究竟是什麼模樣。

說完尼爾便匆匆離開，我則開始翻衣箱，找我的晚餐服。卡司雷一家並不富裕，他們一直住在這座古宅舊居裡，但沒有男僕為你打開行李或是侍候你穿衣。

我正要開始打領結。站在鏡子前，看到自己的臉、肩膀和身後的牆。那面牆平凡無奇，只是中間開有一道門。我終於將領結整理妥當，這時候，我注意到那道門正慢慢打開來。

不知道為什麼，我沒有轉過身去……我想，轉身去看應該是自然的反應。但不知何故，我並沒有轉身，只是靜靜地從鏡中看著那道門慢慢開大。等到它完全洞開，我看到了裡面的景象。

那是一間臥房，比我這間要大，裡面放著兩張床。突然間，我感到難以呼吸。

因為，一個少女正坐在其中一張床的床腳處，她的脖子上是一雙男人的手，那人正掐緊她的喉嚨，逼著她節節後仰。那少女正慢慢地窒息而死。

我絕對不可能看錯。我眼中的景象一清二楚，那是一場正在進行的謀殺。

我清清楚楚看到那少女的臉和她金色的秀髮，那張美麗的臉龐帶著痛苦和恐懼，正慢慢脹紅了血。而那個男人，我看到了他的後背和雙手，還有他左臉上近脖根處的一道疤痕。

這些畫面說來頗為費時，可是發生當時有如電光石火，轉瞬就過。我呆若木雞地看著。這時候我才猛地轉身，打算去救那個少女。

只見我身後的牆，也就是映照在鏡中的那面牆，只立有一個維多利亞時代的桃花心木衣櫃，既沒有洞開的門，也沒有任何暴力景象。我倏然轉回身來看看鏡子。鏡裡只有那個紅木衣櫃。

我舉起手，在眼前晃了晃，看自己是不是眼花了，緊接著衝到牆邊，想把衣櫃挪開。這時候，尼爾從走道上的房門走進來，問我到底在做什麼。

我轉頭問他，紅木衣櫃後面是不是有一道門。他一定覺得我有點神志不清。他告訴我，沒錯，衣櫃後頭確實有一道門，通向隔壁的房間。我問他是誰住在隔壁，他說是個叫歐德漢的人家，歐德漢上校夫婦。我立刻問，歐德漢太太的頭髮是不是金色的，他帶著嘲諷的語氣回說，她一頭黑髮，這下子我才意識到，自己恐怕出了個大洋相。我定了定神，胡亂解釋了一番，便與他雙雙下了樓。我告訴自己，剛才一定是我的幻覺。我困窘難當，覺得自己像個傻子。

可是……可是這時候，尼爾為我介紹：「這是我妹妹希薇雅。」一面對我的正是那張美麗動人的臉，那張窒息而死的少女臉龐。接著尼爾又將她的未婚夫介紹給我，他是一位高大、黝黑的男士，而他的左臉頰上有一道疤痕！

唉，事情就是這樣。你不妨替我想想，如果你是我，你會怎麼做。站在我眼前的就是那個少女——一模一樣——還有那個我親眼目睹將她勒死的男人，而且，他們再一個月左右就要步入禮堂。

我是不是對未來有預知的能力？將來希薇雅會不會偕同夫婿回娘家小住，兩人就住在那個房間（那是最好的空房間），而我所目睹的殘酷景象就在現實中發生？

我該怎麼做呢？我又能做什麼呢？

會有人——尼爾或是那個少女——相信我嗎？

住在貝吉沃莊的那個星期，我對這件事不斷前思後想。我該說出來呢，還是完全不提？而幾乎在此同時，事情又複雜了一層。你知道，我第一眼看到希薇雅時就愛上了她。我需要她，勝過需要世上其他東西。就某種角度來看，這份感情讓我綁手綁腳，動彈不得。

但如果我絕口不提，希薇雅就會嫁給查爾斯．克勞利，而他遲早會殺了她。

所以，在我離開的前一天，我一股腦將事情一五一十告訴了她。我告訴她，她一定會以為我精神有問題，可是我鄭重發誓，我確實看到了那個景象，而且我認為，如果她已經決定要嫁給克勞利，那麼我就該把這個奇特的經歷告訴她。

她靜靜聽著，眼眸裡閃動著一些我捉摸不透的東西。她完全沒生氣，待我說完，她只是對我深表謝意。

我像個白癡般不斷地說了一遍又一遍。

「我真的看見了。我真的、真的看見了。」

她說：「既然你這麼說，我相信你。我相信你真的看見了。」

之後我便離開貝吉沃莊，也不知道自己做對了還是幹了件蠢事。一星期後，希薇雅解除了她和克勞利的婚約。

後來戰爭爆發了，我沒有多少閒暇去想戰爭以外的事。有一兩回休假的時候，我也曾巧遇希薇雅，但總是盡可能避著她。

我對她的愛和渴慕一如往昔那般強烈，但不知何故，我總覺得這麼做並不光明正大。她和克勞利解除婚約，全是因為我的緣故，所以我不斷對自己說，我必須盡可能表現漠然，才能證實我的居心純正。

一九一六年，尼爾死於戰場。有人必須將尼爾臨終前的景況告知希薇雅，這個任務自然落在我的肩上。自此之後，我們之間再也無法維持普通的關係。希薇雅一向敬愛尼爾，而他又是我最好的朋友。她甜美可人，悲傷時刻更顯得楚楚動人。我努力保持緘默。再次離去後，我祈禱自己被子彈擊中，讓所有的煎熬就此結束。沒有希薇雅，我的生命毫無意義。

可是子彈並沒有打中我。一發子彈從我的右耳下方擦過，另一發打到我衣袋裡的香菸盒反彈出去，我依然完好無缺。

查爾斯・克勞利在一九一八年初的一次戰鬥中陣亡。

不知為什麼，事情因此有了變化。一九一八年秋天，也就是停戰協議簽訂前，我解甲回家，立刻去找希薇雅，告訴她我愛她。我原本並不期望她會立刻愛上我，所以當她問我為什麼不早點告訴她我愛她時，我簡直呆若木雞。我結結巴巴地說，是因為克勞利的關係。

她又問：「你認為我為什麼會和他解除婚約？」

接著她告訴我，她也一樣，對我也是一見鍾情……初次見面就愛上了我。

我說，我以為她之所以解除婚約，是因為聽了我那番敘述。她不屑地笑說，如果你真愛一個人，你絕不會如此怯懦。於是我們又回憶起那天我看到的景象。我們一致認為這事的確古怪，但也僅此而已。

以後的事，就沒什麼可說的了。我和希薇雅結了婚，過得很幸福。可是在她真正屬於我之後，我發現我並不是最適合她的丈夫。我對她鍾愛不渝，可是我的嫉妒心太強，連她致以微笑的人都會嫉妒。一開始她覺得很有趣，我想她甚至喜歡我這樣，那至少證明了我對她的深情。

而我自己心知肚明，我不僅把自己弄得像個傻瓜，同時也在摧毀我倆生活的平靜和快樂。我心裡一清二楚，我也把這感覺表達出來，但就是改變不了。每當希薇雅收到信件而未拿給我看，我就開始猜疑，不知寄信者是什麼人；每當她和別的男人談笑，我就悶悶不樂，而且疑神疑鬼。

一如我所說，一開始希薇雅總是笑我。她覺得這是個天大的笑話。漸漸地，她不再覺得這個笑話可笑。到最後，她甚至也不認為這是個笑話了。

慢慢地，她開始疏遠我。並不是在動作行為上，而是她那隱藏起來的心離我愈來愈遠。我不再知道她心頭想什麼。她依舊溫柔體貼，但悲哀的是，我們之間彷彿山阻水隔。

慢慢的，我發覺她不再愛我。她對我的愛已經逝去，而我正是毀掉它的凶手。

下一步在所難免。我發現自己正等著它到來，又懼怕它會發生。

德瑞克．溫賴特闖入了我們的生活。他擁有我所沒有的一切。他聰敏詼諧，英俊瀟灑，而且我必須承認，他是個道道地地的君子。我第一眼看到他就對自己說，這才是能和希薇雅匹配的人。

她努力抗拒他的誘惑。我知道她在掙扎，但我沒有伸出援手。我無能為力，深陷在自己的憂鬱和痛苦之中。我在煎熬中度日，卻無力拯救自己。我不但沒有幫她，反而雪上加霜。

有一天，我大大發洩了一番，對她脫口說出一大串粗魯而毫無根據的責難。我快被嫉妒和痛苦給逼瘋了。我明明知道自己說的那些話殘忍而不實，可是說那些話讓我得到了極大的快感。

我記得當時希薇雅滿臉脹紅，蜷縮成一團。

我把她逼到了忍耐的極限。

我記得她說：「我們不能再這樣下去了。」

那天晚上我回到家，發現房子是空的，一片空洞。她留下一張紙條……多麼老套的做法。

她在紙條上寫著，她要離開我，永遠離開我。她會回貝吉沃住兩天，然後她就要去找那個愛她也需要她的人。

這是我們倆關係的終結。

我想，在此之前，我並不相信自己的猜疑是真的，但這張白紙黑字證實了我最害怕的事。我氣得失去了神志，以最快的速度驅車趕到貝吉沃。

我記得我衝進房間的時候，她剛換上外衣，準備進晚餐。我看到了她的臉。訝異、美麗、恐懼。

「除了我，沒有人能夠擁有你，任何人都不能！」我說。

我雙手掐住她的脖子，逼著她往後倒。

突然間，我從鏡中看見了我們的反影。希薇雅幾乎窒息，而我正在勒死她。從鏡子裡，我看到我臉上右耳下被子彈擦過的疤痕。

沒有。我沒有殺死她。鏡中的景象讓我渾身癱了下來。我鬆開雙手，希薇雅倒在地上。

我徹底崩潰了。而她卻安慰我，是的，她還安慰我。

我把一切都告訴了她。她告訴我，紙條上那個「愛她也需要她的人」，指的是她的哥哥艾倫。那天晚上，我們彼此都敞開了心房。從那刻起，我們的心再也不曾分開過。

如果沒有上帝，沒有那面鏡子，我可能已經成了一個殺人凶手……我就帶著這個有如暮鼓晨鐘的警念，走完了我的一生。

而那天晚上有一樣東西確確實實死去了……那個操縱我多時的惡魔，嫉妒。

可是，有時候我也會想，如果當初我沒有犯下那個錯誤——由於鏡子反射的緣故，那個左臉上的疤痕其實是在右臉——那麼我會如此確定那男人就是查爾斯・克勞利嗎？我會對希薇雅發出警告嗎？她會嫁給我嗎？還是嫁給克勞利？

或者，過去和未來原本就是一體？

我是個單純的人。我不想假裝我理解這些事情，但我確實看到了那幅景象，而也拜此之賜，我和希薇雅才得以白頭偕老，就像那句老話所說：「永不分離，直到死亡將我們分開」。

或許，連死後也不分開……

藏在日常細節中的冒險

楊照（作家）

一開始，就都在那裡了。

一九二〇年，阿嘉莎・克莉絲蒂出版了《史岱爾莊謀殺案》，神探白羅就已經退休了。而且在這個案子裡，藉由敘述者海斯汀的轉述，就鋪陳出克莉絲蒂小說最基本的偵探原則：

「那些看來或許無關緊要的小細節……它們才是重要的關鍵，它們才是偉大的線索！」

「豐富的想像力就像洪水一樣，既能載舟亦能覆舟，而且，最簡單直接的解釋，往往就是最可能的答案。」

「沒有任何謀殺行為是沒有動機的。」

還有，一個不討人喜歡的死者，一群各有理由不喜歡死者、因而也就都有殺人動機的人，這些人彼此之間構成複雜的關係，有的互相仇視，有的互相愛戀，麻煩的是，有些愛人其實貌合神離，有些仇人其實私下愛慕；更麻煩的是，不論是愛或是仇，都有可能是扮演出來的。

一個外來的偵探必須周旋在這些嫌疑者之間，從他們口中獲取對於案情的了解，換句話說，他必須在很短的時間內，搞清楚誰是誰、誰跟誰吵架、誰跟誰偷情，然後判斷誰說的哪一句是實話、哪一句是謊言。常常謊言比實話對於破案更有幫助。

再偷偷透露一下，如果要和小說裡的凶手及小說背後的作者鬥智，就像克莉絲蒂對英國社會的了解，祕訣就在於要去追究小說裡的人物背景，尤其是他們的階級地位。基本上，階級地位愈高、權力愈大、愈有錢者，說的話就愈不要相信。例如在《史岱爾莊謀殺案》中，僕人、園丁說的話遠比有頭有臉的人說的要可信多了。就算要說謊，他們的謊言也比較天真，而且往往出於善良動機。當你歸納線索時，就會知道他們並非故意說謊，那是因為他們的認知受到蒙蔽或誤導，而你慢慢就從這蒙蔽或誤導中被引導到真相。

《史岱爾莊謀殺案》出版那年，克莉絲蒂三十歲，但書稿其實早在五年前就寫好了，畢竟要找到有人願意出版一個看來再平凡不過的家庭主婦寫的小說，並不是那麼容易。

所有和克莉絲蒂接觸過的人，都對於她的「正常」留下深刻印象。她看起來就和她那個年紀的典型英國家庭主婦一樣，害羞、靦腆，只能在社交場合勉強跟人聊些瑣事話題，完全無法演講，甚至連只是站起來對眾賓客說幾句客套話，請大家一起舉杯，她都做不到。她不演講，也很少答應接受採訪，就算採訪到她也很難從她口中得到有趣的內容。她會講的，幾乎都是記者本來就知道、或者自己就可以想得出來的。

例如說白羅這個神探的來歷。克莉絲蒂回答：他應該是個外國人，這樣就能在英國日常生活中看出英國人自己看不出的線索。她自己碰過的外國人，只有第一次大戰剛爆發時到英國避難的比利時人。比利時警察怎麼能跑到英國來？那一定是因為他已經退休了。他有潔癖，所以對於現場會有特殊的直覺，馬上感受到不對勁的地方。一個有潔癖的人，好像應該長得矮小些才相稱，一個矮小有潔癖的人最適當的名字，就是希臘神話裡的大力士「赫丘勒斯（Hercules）」，製造出荒唐的對比趣味。那白羅這個姓是怎麼來的呢？克莉絲蒂很誠實地說：「我不記得了。」

一切都如此順理成章，一切都如此合邏輯，不是嗎？有記者問她怎麼看自己的舞台劇〈捕鼠器〉，創下了英國劇場、甚至全世界劇場連演最多場紀錄的名劇？克莉絲蒂的回答也還是中規中矩，合理合節：那是一齣小戲，在一個小劇院演出，成本很低，任何人想到了都可以帶家人或朋友去看，老少咸宜，並不恐怖，也不特別荒謬打鬧，可是又什麼都有一點，包括恐怖和荒謬打鬧的成分。

她的身上找不出一點傳奇、怪誕色彩，那她為什麼能在五十年間持續寫偵探小說，創造了那麼多謀殺，還創造了那麼多詭計？

首先因為她是女性，以及她的身世，包括她的階級身分，使得她在描寫故事場景時比一般男性作者來得敏感。因為在她之前的偵探推理小說男性作家的階級身分都是高高在上，基本上他們會從較高的角度看社會，比較看不到底層的感受。

而她的婚變以及婚變中遭逢的痛苦，都使她更能體會與觀察，將英國社會的複雜細節融入小說的核心情節，讓探案與線索分析結合在一起。

克莉絲蒂一生結過兩次婚，第一次在一九一四年，婚後不久，丈夫就參加了歐戰，是英國皇家空軍最早一批飛行員。一九二六年，這個丈夫有了外遇，直率地向克莉絲蒂要求離婚，在那之前，克莉絲蒂的媽媽才剛過世，雙重打擊之下，又遇到車子無法發動，克莉絲蒂崩潰了，她棄車而走，忘記了自己究竟是誰，躲進一家鄉間旅館，登記時寫了她心裡唯一有印象的名字——她丈夫情婦的名字。

離婚後，一次在晚宴中，有人提起近東烏爾考古的最新收穫，克莉絲蒂就取消了原定要去西印度群島的計畫，改訂了跨越歐洲到君士坦丁堡的「東方快車」，是的，就是這趟旅程給了她寫《東方快車謀殺案》的靈感。不過更重要的是，在烏爾，她認識了一位年輕的考古學家，比她小十四歲，這個人後來成了她的第二任丈夫。

這位考古學家陪她去參觀在沙漠中的烏克海迪爾城，卻在沙漠中迷路困陷了。幾小時中克莉絲蒂卻沒有一點驚慌不安，當下考古學家就決定要向她求婚。

原來，克莉絲蒂的內心是有這種冒險成分的。要不然她不會兩次選到的，都是喜愛冒險的丈夫，而她本身大概也不會吸引一個在各種危險情境下挖掘古代寶藏的人，讓他願意向一個大他十四歲的女人求婚。

這樣說吧，維多利亞時代後期的英國環境，壓抑限制了克莉絲蒂冒險、追求傳奇的內在衝動，她只好將這樣的衝動寄託在丈夫和寫作上。她一邊陪著第二任丈夫在近東漫走，一邊在小說中寫各式各樣的謀殺與探案。謀殺和探案都是冒險，還有，偵探偵查中做的事——蒐集線索，還原命案過程——其實和考古學家的考掘，如此相似！

克莉絲蒂寫得最好的，正是「藏在日常中的冒險」。她個性中的雙面成分，造就了特殊的偵探魅力。既嚮往非常傳奇，卻又有根深柢固的日常邏輯信念，兩者都在克莉絲蒂的小說中扮演了重要角色。她的謀殺案幾乎都和日常習慣緊密編織在一起，日常環境成了凶手最重要的掩護。有些日常規律明顯地被破壞了，讓我們很自然以為那會是謀殺的線索，沿著這些線索形成了閱讀中的推理猜測，然而白羅早就提醒了，真正重要的反而是那些「細節」，也就是看來像是依隨日常邏輯進行的事，或說藏在日常邏輯中因而不被看重的事，那裡要嘛藏著凶手的核心詭計、煙幕，要嘛藏著凶手致命的破綻。

凶案的構想，就是如何讓異常蓋上日常、正常的面貌，又如何故意將日常、正常予以扭曲，製造假象；那麼偵探要做的，就是如何準確地在日常中分辨出真正的異常，將假的、明顯的異常撥開來，找出細節堆疊起來的異常真相。

此外，克莉絲蒂的小說裡隱藏著極其曖昧的情感價值觀，最典型、最有名的就是《東方快車謀殺案》。透過追查過程，讓讀者知道為什麼凶手要訴諸於這種手段，其動機具有可同情之處，再加上克莉絲蒂對身分階級的觀察，她比較相信或讓讀者相信那些沒有權力、地位的人，隨著偵查節奏去認識可能或必須懷疑的人。克莉絲蒂最擅長營造「多重嫌疑犯」的小說特質，因為讀者在閱讀時必須被迫去認識很多不一樣的人。在她最受歡迎的作品，大概都具備這樣的特質。

當然，她的作品中還有兩個最突出的神探，即白羅和瑪波。白羅是比利時人，但為什麼必須是外國人？這是因為英國人具有高度階級意識，這種觀念一路滲透到所有互動細節，包括人與人之間如何說話。而白羅因為不是英國人，他會發現一般英國人不太看得出來的東西，以及兩個人互動的方法哪裡不正常。至於瑪波為什麼得是老太太？她一如那個年代的老人家，總是靜靜坐著打毛線，因為不起眼，自然讓人放鬆防備，所以瑪波探案的線索都是來自於這樣的互動模式。

然而，白羅有很明顯的優勢，瑪波的身分使她基本上只能進行「靜態」的辦案，案子的空間受到侷限，白羅卻可以跨越各種空間，恣意揮灑。而且白羅擁有警官身分，可以合理出現在各種犯罪現場，瑪波能出現的地方，相形之下就勉強、不自然多了。白羅是明白的outsider，在英國，只要他出現，就會覺得有外人在而感到緊張，於是很容易露出平常不會表現的行為；瑪波則看起來是 insider，但實質上是 outsider，因為總是沒人發現她、當她空氣人。這兩人的探案，是兩個極端。雖然讀者最愛白羅，但克莉絲蒂自己偏愛瑪波勝於白羅。

不管後來的偵探、推理小說發展了多少巧妙詭計，克莉絲蒂卻不會過時，因為她的推理如此密切地和日常纏繞在一起；活在日常中，我們就無可避免被克莉絲蒂的「日常細節推理」吸引，隨時讀來都充滿驚奇趣味。

名家盛讚克莉絲蒂（依推薦時間排序）

金庸（作家）

克莉絲蒂的寫作功力一流，內容寫實，邏輯性順暢，也很會運用語言的趣味。閱讀她的小說，在謎底沒有揭露之前，我會與作者鬥智，這種過程非常令人享受。其作品的高明之處在於：布局的巧妙完全意想不到，而謎底揭穿時又十分合理，讓人不得不信服。

詹宏志（作家、PChome 網路家庭董事長）

推理小說在從先輩柯南・道爾等人的發明中出現力量時，誕生了一位《天方夜譚》故事中每天說故事說個不停的王妃薛斐拉・柴德，也就是「謀殺天后」克莉絲蒂，整個世界對聽這些故事才有如此的熱情。他們捨不得睡覺，每天問後來還有嗎、還有嗎，永遠不肯離去，這就是克莉絲蒂對推理小說的最大貢獻。

可樂王（藝術家）

所謂「克莉絲蒂式」的推理小說，就是一場和一個天才的寫作者或高明的恐怖份子在紙上捕掠捉殺的戰事。即便是一列火車、一處飯店或一間酒吧，在克莉絲蒂寫來皆充滿神祕和猜謎。在人生適合的下午裡，我總是一面嚼著口香糖，一面跟著矮子偵探白羅穿梭謀殺現場，克莉絲蒂的推理作品無疑是推理世界中最充滿「魔術性」的小說。

吳若權（作家、節目主持人）

我從小就對推理小說情有獨鍾，克莉絲蒂一系列的作品尤其令我愛不釋手。多年來，閱讀推理小說的經驗讓我覺悟：讀者在文字情節中推展開來的驚嘆，不只是因緣於故事的本身，而是自我性格的投射。從這個觀點來看克莉絲蒂一系列的作品，她簡直就是洞徹人性的算命師。而讀者，在她的文字中，發現了自己無可奉告的命運。

藍祖蔚（國家電影及視聽文化中心董事長）

做過藥劑師，難免懂得毒藥；嫁給考古學家，難免也就嫻熟文明的神祕；再加上曾經失蹤九天，一切不復記憶的離奇經驗，的確提供了寫作靈感，但若少了想像力，那些片羽靈光縱使辛辣如辣椒，卻不足以成菜。

推理小說重布局、重人物描寫，克莉絲蒂最厲害的卻是犀利的人性觀察，她一手創造的白羅探長，潔癖個性完全和她相反，更將她所憎厭的人格特質集於一身，殊不知，唯有不對著鏡子寫作，才能夠跳出框架與制式反應，開闢無限寬廣的新世界，建構多面向的詭異迷宮。

看完她的小說，你只會更加訝異，到底是什麼樣的心靈才能成就這般視野？

李家同（作家、前暨南大學校長）

克莉絲蒂的整體布局十分細膩，最後案情也都講解得非常詳細，回頭去看，在書中都找得到線索。故事的情節與內容也很好看，不是像一個流氓在街上被殺掉那麼單調。……看小說應該要花腦筋、要思考，從小就要養成思辨的能力，看她的小說，就是對邏輯思考能力極佳的訓練。

袁瓊瓊（作家）

雖然被公認是冷靜理性的謀殺天后，但是在理性之下，克莉絲蒂的底色依舊是感情。克莉絲蒂很明白，所有的慾望之後，都無非是某種愛情。在以性命相搏的犯罪世界裡，凶手以終結他人的性命來遂私欲，不過是為了成全自己的愛，或者是成全自己的恨。

鄧惠文（精神科醫師）

以推理小說作家而言，克莉絲蒂的風格相當獨樹一格。她的偵探在辦案時，靠的不光是科學證據的搜集，而是大量運用犯罪心理學，及對人性的深刻了解。例如在《五隻小豬之歌》中，白羅便是藉由聽取嫌疑犯訴說案情時所不自覺顯露的主觀意識及中心思想，而看出其中破綻，找出真凶。白羅是靠腦袋辦案，以心理層面去剖析案情，即使人們敘述的是同一件事，他可以聽出不同角色因出發點及看待角度不同所透露的情緒觀感，從而抽絲剝繭，還原事實真相。

克莉絲蒂所塑造的人物也生動且各具特色，不同個性所出現的情緒反應描寫，皆細膩而準確，讓讀者產生豐富的想像空間，一展卷便欲罷而不能。

吳曉樂（作家）

克莉絲蒂使用的語言平易近人，主要是以角色與情節的對應來斧鑿出故事的深度，堆疊出讓讀者回味的迂迴空間。而她筆下的角色往往性別、階級、性格、族群各異，塑造出多元又豐富的人物群像。

文學作品不問類型，若要流傳於世，最終仍得上溯至「人性」的理解與反思。而阿嘉莎．克莉絲蒂的作品中，我們可以看到人類屢屢得和自己的人生討價還價，或千方百計讓主觀意識與客觀條件達成某種程度的整合，讀者在重建人物的心理軌跡時，也見識到自身的是非成敗，我認為，這也是克莉絲蒂的作品能夠璀璨經年、暢銷不衰的主因。

許皓宜（心理學作家）

克莉絲蒂筆下的故事看似在談人性的醜惡，實則像一位披著小說家靈魂的心靈引導者，用她的文字訴說著人們得不到「愛」時的痛苦。於是在故事終了的剎那，你不得不對人生多了幾分「看透感」：原來，我們心裡的那些痛苦、報復與自我折磨的慾望，不是因為「憤恨」，而是起於對「愛的失落」。這或許是我們在情感世界中最珍貴且深刻的一種覺察了。

推理小說荒謬驚悚嗎？不，它其實很寫實。它幫我們說出心裡的苦、怨、醜陋的慾望，於是，我們可以重新學習愛了。

一頁華爾滋 Kristin（影評人）

從有記憶以來，閱讀克莉絲蒂最迷人之處往往不在真正的凶手是誰，而是在於「Why」（為什麼）與「How」（如何進行），在於人性與心理描摹的故事肌理。依循其書寫脈絡，會發覺不只是邏輯清晰、布局縝密、著重細節，她總能完美掌握敘事節奏，書中人物彷彿真實存在般鮮明躍然紙上，讀者情緒會隨精準文字保持流轉、跳動、收放，掩卷時並無太多真相水落石出的暢快，反倒淡淡的惆悵化為餘韻襲上心頭，原來還是種種意料之外，卻屬情理之中的人性盲目使然。私以為，那成就了克莉絲蒂的推理故事之所以無比迷人的主因之一。

冬陽（推理評論人）

雖然阿嘉莎．克莉絲蒂的作品並非我的推理閱讀啟蒙，卻是養成閱讀不輟的重要推手。首先，她無庸置疑是個說故事能手，打開我名為好奇的開關；其次是設計犯罪事件的巧妙多元，既日常又異常，凶手更是叫人意想不到。沒錯，我相信每個當讀者的都忍不住想破案，想早偵探一步識破詭計，或者像考試結束鈴響前一秒，瞎猜都要指著某個角色大喊「你就是犯人」！然後會忍不住作弊——不是翻到最後幾頁窺探真凶身分，而是往前翻查讓人起疑的段落、偵探顯然掌握重要線索的時刻，直到忍不住豎白旗投降，看神探（我知道啦，真正把我耍得團團轉的聰明人是作者）頭頭是道地分析我遺漏錯置的片片拼圖，終於看清真相全貌。這，就是偵探推理，我因此熟悉遊戲規則、沉醉在每一場迷人故事裡，成為這個類型書寫的俘虜，享受至今不疲的美好滋味。

石芳瑜（作家、永樂座書店店主）

布局細膩、處處留下線索，破案解說詳細，說明了這位安靜、害羞的推理小說女王心思縝密，且充滿想像力。密室殺人，完美犯罪，《東方快車謀殺案》不愧為古典推理小說的經典。再加上神祕的東方色彩，隨著火車抵達的迫切時間感，連非推理小說迷都會神經拉緊，讀完大呼過癮。

家庭主婦缺少人生經驗？處女座的阿嘉莎．克莉絲蒂充分展現她過人的寫作天分，靠得是從小開始的閱讀，以及對偵探小說的著迷。三十歲寫下第一本偵探小說《史岱爾莊謀殺案》的克莉絲蒂，在那個時代並不能說是「早慧」，但寫作生涯五十五年中，共創作了八十部偵探小說，卻令人難以企及。這位害羞靦腆的小說女神，大概是相信只要有足夠的理由，每個人都有殺人的可能！

余小芳（暨南大學推理研究社指導老師、台灣推理作家協會常務理事）

學生時代加入推理社團，社課指定讀物便是經典作品《一個都不留》，成為我對克莉絲蒂的初步印象，自此沉浸於推理小說的世界。隔年寒假陪同學參與轉學考，在斜風細雨的走廊中，滿足讀完《東方快車謀殺案》。隨著歲月遠走，已昇華成趣味回憶。

踏入推理文學領域需要認識的作家，阿嘉莎．克莉絲蒂絕對名列其中，她的作品常有英國小鎮風光、莊園式的謀殺、設備豪華的交通工具等，還有特色鮮明的偵探活躍其中。書中少有血腥、暴力的橋段，布局巧妙且結構嚴密，手法純粹、知性，故事內容與人物性格融為一體，以高超的想像力結合說好故事的能耐，為推理小說開創新局面。克莉絲蒂推理全集重編改版，值得新舊讀者一起探索。

林怡辰（國小教師、教育部閱讀推手）

多年後，還是難忘第一次閱讀阿嘉莎・克莉絲蒂作品的感動和激動。這套將近一世紀的作品，文筆流暢，邏輯縝密，過程中不斷與作者較量、猜出凶手，直到最後解答不禁佩服，蛛絲馬跡處處展現作者的精妙手法，於是又拿起另一部作品，再次沉溺在謀殺天后所編織的日常世界中的奇幻，無可自拔。犯罪動機和手法穿越時空限制，如今讀來合理且依舊令人感動，閱讀中趣味橫生，難怪成為後來諸多偵探小說的原型。

克莉絲蒂創作生涯中產出的八十部推理作品，至今多部躍上大銀幕，無怪乎被稱之為「經典」，喜愛推理偵探作品的人不可不讀，你會驚異於她在文字中施展的魔法！

張東君（推理評論家、科普作家）

我愛克莉絲蒂！這位在台灣有時會被稱為克奶奶的超級暢銷推理小說家，即使是自認沒讀過她的書的人，也都會在各種書籍或影視作品中看到對她致敬的片段。由於她喜歡旅行和冒險，那些經驗與體驗都成為書中的場景，因此閱讀她的作品時，不只是雀躍地跟著偵探推理，也有了虛擬的旅行體驗。或者當成旅遊導覽書，在出發去尼羅河、去英國鄉間、去搭船搭火車時，就塞一本克奶奶的作品到隨身背包中。

我還是大學新生時，就聽學姐說她哥哥經常看克奶奶的小說，而且邊看邊狂笑。於是我跟著效仿，在某次搭飛機之前買了第一本小說當旅伴，不只看得超開心，看完後還到處找尋書中出現的那種有兜帽的斗篷，當成出門時的必備用品。克奶奶的作品是跨越文字、國界的。只要看過一本，就會不停地追下去。還好，真的是還好只有八十本。何況這次是全新校訂的紀念珍藏版，當然不能錯過！

發光小魚（呂湘瑜）（文史作家、助理教授）

一部好的偵探小說，除了情節設計巧妙之外，還需要洞悉人性，如此方能合理地交代人物的言行舉止與動機。阿嘉莎．克莉絲蒂便是其中翹楚，她的作品不管是偵探、愛情小說或戲劇，必要元素都是謎題與人性。在寧靜無波的場景下暗潮洶湧，永遠都有意料之外，讀者的情緒也會隨著劇情的進行起伏糾結。克莉絲蒂觀察到時代的變化，將犯罪心理融入作品中，於是，看她的小說不只能得到解謎的快樂，同時對人性也能夠有所省思。

此外，克莉絲蒂豐富的人生歷練及旅行經歷，例如一九二二年的環球之旅、居住過也旅行過的巴黎和埃及，甚至是追隨考古學家丈夫前往的中東，都讓她的小說讀來更加充滿異國情調。如果你也愛旅行，不如就讓我們一同搭上那一班南法的藍色列車，或由伊斯坦堡出發的東方快車，跟著白羅鑽進一樁奇案，一嘗旅程中破解謎題的快感吧。

盧郁佳（作家）

國小時，家裡買了一套阿嘉莎·克莉絲蒂全集，從此成了我的毒品，在白癡課本將我的腦袋啃嚙成海綿般空洞時，撫慰受創的心靈，那時我仍對人心險惡一無所知。

數學課教你列算式，樂趣遠不如克莉絲蒂教你住宅平面圖、偷換時序的密室魔術，你從庭園長窗進房間，我從房門直通鄰房，他從走廊進房……從而學會故事是建構邏輯。她文風多變，時而《四大天王》中讓神探白羅向助手海斯汀大賣關子，眉頭緊皺，山雨欲來，預示天翻地覆，只能靠他拯救世界；時而用維吉尼亞·吳爾芙《自己的房間》中俏皮的語言，讓貧苦村姑安妮在《褐衣男子》中回憶南非出生入死的冒險，竟源於她耽讀村裡圖書館爛舊的冒險愛情小說，還有戲院每週末放映〈帕米拉歷險記〉，帕米拉每集從飛機跳落高空、搭潛艇、爬上摩天大樓，每次被黑幫老大抓到總不一刀斃命，卻老要用瓦斯毒死她，暗示續集又會逃出生天。

長大才發現，克莉絲蒂小說就是我的〈帕米拉歷險記〉：它以歌劇般輝煌龐大的天真陰謀、精細的人際觀察（一句話重音放在哪個字、從膝蓋鑑定女人的年齡等），召喚年輕讀者抱持浪漫精神投入未知的壯遊，瘋魔、衝撞、冒犯，傷痕累累毫無懼色。正如瓦斯在冒險片中太多、現實中卻太少；陰謀在現實中沒有克莉絲蒂寫得那麼複雜，但她刻畫的心理卻是現實中解謎的試金石。

賴以威（臺灣師範大學電機系副教授）

或許可以為經典下幾個定義：該領域的愛好者更都讀過；不是這個領域的愛好者，許多人也都聽過；影響後續的作品，在很多著作中都可以看到它的影子；值得反覆再三閱讀，每隔一陣子再讀都可以獲得閱讀的樂趣，有更多的體悟。我永遠記得第一次讀《東方快車謀殺案》時，被那宛如嚴謹設計數學謎題的鋪陳、推進給深深吸引、震撼。從這幾個角度來說，克莉絲蒂的推理小說被稱之為「經典」，可說是當之無愧。

謝哲青（作家、旅行家、知名節目主持人）

克莉絲蒂小說的魅力在於透過每個角色的對白，藉由不斷的說話來表現人物的個性，以彰顯其人格特質中一些無法被忽略的事實。我們從他們的言語、講話的過程和字裡行間，竟然就能知道誰是凶手。

我從克莉絲蒂的小說學到很多，除了推理小說有趣的事實之外，最重要的是，我在工作的職場跟人應對的時候，如何從語言和對話裡去捕捉某些隱而不顯的事實。許多人們欲蓋彌彰的東西，無論心事也好、祕密也好，克莉絲蒂都會用文學的手法，讓你理解語言的奧妙和魅力。

克莉絲蒂的書寫會讓你覺得彷彿自己也在現場，你可以從聽到的對話當中，學會如何理解人心的一些小技巧，這是小說家最出色、最偉大的地方。我們必須學習傾聽別人說話——這些人講話是真誠的嗎？他想要跟你分享什麼資訊？這些資訊可靠嗎？——這是我在閱讀推理小說時，最大的收穫和理解。

阿嘉莎・克莉絲蒂大事記

1890		• 九月十五日出生於英格蘭德文郡托基鎮。
1894	4 歲	• 開始在家自學，父母親、姐姐教導閱讀、寫作、算術和彈鋼琴。
1895	5 歲	• 家中經濟走下坡，舉家搬至法國，學會流利的法語。
1905	15 歲	• 在巴黎寄宿學校學鋼琴和聲樂，但生性極度害羞，未成為職業鋼琴家，最終回到英國。
1907	17 歲	• 陪同母親前往埃及調養身體，對社交活動充滿興趣，但尚未對日後感興趣的埃及古物點燃熱情。 • 回英國後繼續寫作、參與業餘戲劇表演。
1908	18 歲	• 寫出第一篇短篇小說〈麗人之屋〉，同時也寫出第一部愛情小說《白雪黃漠》，以筆名向出版社投稿，但屢遭退稿。
1912	22 歲	• 與英國皇家軍官亞契・克莉絲蒂（Archibald Christie）熱戀。 • 八月爆發第一次世界大戰，亞契奉派到法國作戰。
1914	24 歲	• 耶誕夜結婚，亞契隨即返回戰場。克莉絲蒂參與紅十字會工作，在醫院擔任護士和藥劑師，因此對藥理和毒物非常熟悉，造就後來多部推理小說情節都以毒藥殺人。
1916	26 歲	• 開始嘗試寫推理小說，寫出第一部小說《史岱爾莊謀殺案》，主角偵探赫丘勒・白羅的靈感，來自於大戰期間英國鄉間的比利時難民營。本書歷經數家出版社退稿後，終獲柏德雷・海德（The Bodley Head）圖書公司的出版機會，之後並簽下另五本小說的合約。
1919	29 歲	• 前一年亞契返回英國，八月生下女兒露莎琳。

1920 30歲 • 出版《史岱爾莊謀殺案》。

1922 32歲 • 出版第二部小說《隱身魔鬼》,主角是夫妻檔偵探湯米和陶品絲。
• 與亞契至南非、澳洲、紐西蘭、夏威夷和加拿大等國旅行十個月，在南非得到《褐衣男子》的靈感。

1923 33歲 • 三月出版第三部小說《高爾夫球場命案》，白羅再度登場。

1926 36歲 • 四月母親過世，克莉絲蒂陷入憂鬱。
• 六月在「威廉・柯林斯父子出版社」出版《羅傑艾克洛命案》。
• 八月亞契因外遇提出離婚，十二月初一次爭吵後，克莉絲蒂離家棄車失蹤，消息登上全國新聞。

1927 37歲 • 一月在悲痛心情中寫出《藍色列車之謎》，第一次創造出聖瑪莉米德村，即後來瑪波小姐居住的村子。
• 分居期間在雜誌刊登以白羅為主角的短篇小說，後來集結出版《四大天王》。
• 十二月在雜誌刊登短篇小說〈週二夜間俱樂部〉，瑪波小姐初登場，後來收錄在一九三二年出版的短篇小說集《十三個難題》。

1928 38歲 • 十月正式離婚，仍保留「克莉絲蒂」姓氏。
• 秋天搭乘「東方快車」前往土耳其的伊斯坦堡，再轉往伊拉克首都巴格達，參觀考古現場烏爾，認識考古學家伍利夫婦（Leonard and Katharine Woolley）。

1930 40歲 • 二月應伍利夫婦之邀再訪烏爾，認識考古學家麥克斯・馬龍（Max Mallowan），九月於英國愛丁堡結婚。這段婚姻開啟克莉絲蒂旺盛的創作生涯，兩人到中東考古現場的旅行為許多作品帶來靈感。

- 婚後克莉絲蒂開始維持固定的寫作行程。十月出版《牧師公館謀殺案》，是第一部以瑪波小姐為主角的小說。
- 出版第一部以「瑪麗．魏斯麥珂特」(Mary Westmacott) 為筆名的《撒旦的情歌》，並陸續發表了五部非犯罪小說。

1932	**42 歲**	• 出版《危機四伏》。
1934	**44 歲**	• 出版《東方快車謀殺案》，是白羅海外辦案三部曲之一，故事靈感來自中東的旅行經歷。一九七四年第一次改編成電影大獲好評。
1936	**46 歲**	• 出版《美索不達米亞驚魂》，白羅海外辦案三部曲之二。
1937	**47 歲**	• 出版《尼羅河謀殺案》，白羅海外辦案三部曲之三，故事背景是年輕時與母親同遊的埃及。一九七八年第一次改編成電影大受歡迎。
1939	**49 歲**	• 二次大戰期間，克莉絲蒂在大學學院醫院擔任義務藥師，學習到最新的毒藥知識，對於推理小說寫作大有助益。 • 出版《一個都不留》，是克莉絲蒂最著名作品之一。
1941	**51 歲**	• 出版《密碼》，呈現出克莉絲蒂對戰爭的看法。 • 出版《豔陽下的謀殺案》。
1942	**52 歲**	• 出版《藏書室的陌生人》、《五隻小豬之歌》等名作。
1944	**54 歲**	• 以「瑪麗．魏斯麥珂特」為筆名出版第三部作品《幸福假面》，被美國書評人發現是克莉絲蒂的作品，讓她從此失去匿名創作的自在樂趣。

1950	60 歲	• 獲選為皇家文學學會的會員。
1953	63 歲	• 出版《葬禮變奏曲》。
1956	66 歲	• 一月獲頒大英帝國爵級大十字勳章（GBE）。 • 十一月以「瑪麗·魏斯麥珂特」為筆名出版《愛的重量》，是這個筆名的最後一部作品。
1958	68 歲	• 成為「偵探作家俱樂部」主席。
1960	70 歲	• 馬龍獲頒大英帝國爵級大十字勳章。
1961	71 歲	• 獲得艾克塞特大學頒發榮譽文學博士學位。
1968	78 歲	• 馬龍獲封為爵士，克莉絲蒂亦被稱為馬龍爵士夫人。
1971	81 歲	• 獲頒大英帝國爵級司令勳章（DBE），獲封為女爵士。
1973	83 歲	• 出版最後一部創作《死亡暗道》，亦為湯米和陶品絲最後一次辦案。
1974	84 歲	• 最後一次公開露面，出席電影《東方快車謀殺案》首映會。
1975	85 歲	• 八月六日，白羅成為有史以來第一次在《紐約時報》頭版刊出訃聞的小說主角，宣傳九月即將出版的《謝幕》，這也是白羅最後一次辦案。
1976	86 歲	• 一月十二日去世。 • 十月出版《死亡不長眠》，瑪波小姐的最後一次辦案。

克莉絲蒂推理原著出版年表

1920　史岱爾莊謀殺案 The Mysterious Affair at Styles（神探白羅系列）
1922　隱身魔鬼 The Secret Adversary（神探湯米＆陶品絲系列）
1923　高爾夫球場命案 The Murder on the Links（神探白羅系列）
1924　白羅出擊 Poirot Investigates（神探白羅系列）
1924　褐衣男子 The Man in the Brown Suit（神探雷斯上校系列）
1925　煙囪的祕密 The Secret of Chimneys（神探巴鬥主任系列）
1926　羅傑艾克洛命案 The Murder of Roger Ackroyd（神探白羅系列）
1927　四大天王 The Big Four（神探白羅系列）
1928　藍色列車之謎 The Mystery of the Blue Train（神探白羅系列）
1929　七鐘面 The Seven Dials Mystery（神探巴鬥主任系列）
1929　鴛鴦神探 Partners in Crime（神探湯米＆陶品絲系列）
1930　牧師公館謀殺案 The Murder at the Vicarage（神探瑪波系列）
1930　謎樣的鬼豔先生 The Mysterious Mr. Quin（神探鬼豔先生系列）
1931　西塔佛祕案 The Sittaford Mystery
1932　十三個難題 The Thirteen Problems（神探瑪波系列）
1932　危機四伏 Peril at End House（神探白羅系列）
1933　十三人的晚宴 Lord Edgware Dies（神探白羅系列）
1933　死亡之犬 The Hound of Death
1934　三幕悲劇 Three Act Tragedy（神探白羅系列）
1934　李斯特岱奇案 The Listerdale Mystery
1934　帕克潘調查簿 Parker Pyne Investigates（神探帕克潘系列）
1934　東方快車謀殺案 Murder on the Orient Express（神探白羅系列）
1934　為什麼不找伊文斯？ Why Didn't They Ask Evans?
1935　謀殺在雲端 Death in the Clouds（神探白羅系列）
1936　ABC 謀殺案 The A.B.C. Murders（神探白羅系列）
1936　底牌 Cards on the Table（神探白羅系列）
1936　美索不達米亞驚魂 Murder in Mesopotamia（神探白羅系列）

1937　巴石立花園街謀殺案 Murder in the Mews（神探白羅系列）
1937　尼羅河謀殺案 Death on the Nile（神探白羅系列）
1937　死無對證 Dumb Witness（神探白羅系列）
1938　白羅的聖誕假期 Hercule Poirot's Christmas（神探白羅系列）
1938　死亡約會 Appointment with Death（神探白羅系列）
1939　一個都不留 And Then There Were None
1939　殺人不難 Murder Is Easy/Easy to Kill（神探巴鬥主任系列）
1940　一，二，縫好鞋釦 One, Two, Buckle My Shoe（神探白羅系列）
1940　絲柏的哀歌 Sad Cypress（神探白羅系列）
1941　密碼 N Or M?（神探湯米＆陶品絲系列）
1941　豔陽下的謀殺案 Evil Under the Sun（神探白羅系列）
1942　五隻小豬之歌 Five Little Pigs（神探白羅系列）
1942　藏書室的陌生人 The Body in the Library（神探瑪波系列）
1942　幕後黑手 The Moving Finger（神探瑪波系列）
1944　本末倒置 Towards Zero（神探巴鬥主任系列）
1945　死亡終有時 Death Comes as the End
1945　魂縈舊恨 Remembered Death（神探雷斯上校系列）
1946　池邊的幻影 The Hollow（神探白羅系列）
1947　赫丘勒的十二道任務 The Labours of Hercules（神探白羅系列）
1948　順水推舟 Taken at the Flood（神探白羅系列）
1949　畸屋 Crooked House
1950　謀殺啟事 A Murder Is Announced（神探瑪波系列）
1951　巴格達風雲 They Came to Baghdad
1952　殺手魔術 They Do It with Mirrors（神探瑪波系列）
1952　麥金堤太太之死 Mrs. McGinty's Dead（神探白羅系列）
1953　黑麥滿口袋 A Pocket Full of Rye（神探瑪波系列）
1953　葬禮變奏曲 After the Funeral（神探白羅系列）

1954 未知的旅途 Destination Unknown
1955 國際學舍謀殺案 Hickory, Dickory, Dock（神探白羅系列）
1956 弄假成真 Dead Man's Folly（神探白羅系列）
1957 殺人一瞬間 4:50 from Paddington（神探瑪波系列）
1958 無辜者的試煉 Ordeal by Innocence
1959 鴿群裡的貓 Cat Among the Pigeons（神探白羅系列）
1960 哪個聖誕布丁？ The Adventure of the Christmas Pudding（神探白羅系列）
1961 白馬酒館 The Pale Horse
1962 破鏡謀殺案 The Mirror Crack'd from Side to Side（神探瑪波系列）
1963 怪鐘 The Clocks（神探白羅系列）
1964 加勒比海疑雲 A Caribbean Mystery（神探瑪波系列）
1965 柏翠門旅館 At Bertram's Hotel（神探瑪波系列）
1966 第三個單身女郎 Third Girl（神探白羅系列）
1967 無盡的夜 Endless Night
1968 顫刺的預兆 By the Pricking of My Thumbs（神探湯米＆陶品絲系列）
1969 萬聖節派對 Hallowe'en Party（神探白羅系列）
1970 法蘭克福機場怪客 Passengers to Frankfurt
1971 復仇女神 Nemesis（神探瑪波系列）
1972 問大象去吧 Elephants Can Remember（神探白羅系列）
1973 死亡暗道 Postern of Fate（神探湯米＆陶品絲系列）
1974 白羅的初期探案 Poirot's Early Cases（神探白羅系列）
1975 謝幕 Curtain: Hercule Poirot's Last Case（神探白羅系列）
1976 死亡不長眠 Sleeping Murder（神探瑪波系列）
1979 瑪波小姐的完結篇 Miss Marple's Final Cases（神探瑪波系列）
1991 情牽波倫沙 Problem at Pollensa Bay
1997 殘光夜影 While the Light Lasts

國家圖書館出版品預行編目（CIP）資料

瑪波小姐的完結篇 / 阿嘉莎・克莉絲蒂（Agatha Christie）
著；沈明波譯. -- 二版.-- 臺北市：遠流出版事業股份
有限公司, 2023.10
面；　公分. -- (克莉絲蒂繁體中文版20週年紀念珍藏
; 52)
譯自：Miss Marple's Final Cases
ISBN 978-626-361-263-1(平裝)

873.57　　112014659

克莉絲蒂繁體中文版 20 週年紀念珍藏 52

瑪波小姐的完結篇

作者 / 阿嘉莎・克莉絲蒂
譯者 / 沈明波

主編 / 陳懿文、余式恕　校對 / 呂佳真
封面、內頁設計 / 謝佳穎　排版 / 連紫吟、曹任華
行銷企劃 / 舒意雯　出版一部總編輯暨總監 / 王明雪

發行人 / 王榮文
出版發行 / 遠流出版事業股份有限公司
地址 / 104005臺北市中山北路一段11號13樓
電話 / (02)2571-0297　傳真 / (02)2571-0197　郵撥 / 0189456-1
著作權顧問 / 蕭雄淋律師

2003年7月1日 初版一刷
2023年10月1日 二版一刷
定價 / 新臺幣320元 (缺頁或破損的書，請寄回更換)

ISBN 978-626-361-263-1

遠流博識網 http://www.ylib.com　E-mail: ylib@ylib.com
遠流粉絲團 https://www.facebook.com/ylibfans